田家過年

黄耀池 著

南方出版传媒
花城出版社
中国·广州

图书在版编目（CIP）数据

回家过年 / 黄耀池著. -- 广州 : 花城出版社, 2021.7
 ISBN 978-7-5360-9452-9

Ⅰ. ①回… Ⅱ. ①黄… Ⅲ. ①散文集－中国－当代 Ⅳ. ①I267

中国版本图书馆CIP数据核字(2021)第123566号

出 版 人：肖延兵
责任编辑：李　谓　曹玛丽
技术编辑：林佳莹
书名题字：廖　琪
封面设计：林　希

书　　名	回家过年 HUIJIA GUONIAN
出版发行	花城出版社 （广州市环市东路水荫路11号）
经　　销	全国新华书店
印　　刷	佛山市浩文彩色印刷有限公司 （广东省佛山市南海区狮山科技工业园A区）
开　　本	880毫米×1230毫米　32开
印　　张	7.625　1插页
字　　数	160,000字
版　　次	2021年7月第1版　2021年7月第1次印刷
定　　价	42.00元

如发现印装质量问题，请直接与印刷厂联系调换。
购书热线：020-37604658　37602954
花城出版社网站：http://www.fcph.com.cn

真诚人生

——黄耀池作品集序

胡国华

认识黄耀池，他给我留下的最深印象，就是真诚。他对乡邻真诚，对亲友真诚，对战友也真诚；他的作品，流露出的也是真诚。

工作期间，因为忙，除了公文，他没写过什么作品。退休后，有闲暇了，他开始写作。把他在生活中的见闻、感悟、体验，都化作了文字。积累多了，就成了这本书。

与同时代的人相比，黄耀池是幸运的。他出身农家，并无什么背景。1969年年底，他作为一名热血青年，怀着对人生前途和理想的憧憬，响应祖国的号召，应征入伍。而当时，全国千百万知识青年，响应的却是"我们也有两只手，不在城里吃闲饭"的口号，正奔赴农村锻炼。因而，黄耀池十分珍惜这一机会，他以真诚的态度，积极工作。原想服完兵役就回家。他的真诚认真被上级看在眼里,一年后,他入了党;三年后,提了干,成为一同参军的800多名同乡中的佼佼者,实现了同时代人中的华丽转身。

提干后,他工作更加认真负责。先当上了团后勤处管理排长,负责管理机关伙食。1978年12月,他被任命为战勤参谋,参加了对越自卫反击战。战后,被提拔为军需股长,再后来被调到师机关,军机关,军区联勤部机关所属企业工作。在部队共待了33年,可谓大半辈子,成了一名职业军人。直至2002年8月6日在部队退休。

他在军队干的虽然是后勤工作,但在每一个岗位,他都兢兢业业,认真负责,做得十分出色,称得上是一个尽责克己的军人。以至于他从军后五十年,没有回老家过过年。这在他的《回家过年》一文中有异常生动感人的描述。五十年正好是半个世纪,家乡面貌变了,他这个当年的小伙子自然也变了,真可谓"乡音未改鬓毛衰"。他的亲友们自然也像迎接贵宾一样,隆重欢迎他这个远行的游子归来。其中细节感人至深,读后令人动容。

黄耀池的文章,没有任何修饰卖弄,有的只是感人情节的流露。在文字方面,他没有受过什么专业训练,因而反而没有半点造作,没有一丝矫情,留下的都是质朴、自然、感人的字句,读来别有韵味。

军旅生涯,注定了他从军期间没有多少出国的机会。退休后,他终于可以到境外旅行了。他异常珍视那几次难得的机会,每次都做足功课,行前查阅资料,途中笔耕不辍。他的境外游记，都有自己独特的视角与思考，读来不无启迪。其中《日本游》那篇，尤为出彩。可以看出，他从踏上日本的国土开始，就没有停止过思考。虽然中国到过日本的游客数不胜数，也留下了不少从各个角度描写的游记，但黄耀池的这篇，是独特的。他的旅程从大阪开始，行经奈良、名古屋、伊豆、热海、千叶，直至东京。他观察得很细，留下了他对日本各地人文景观的描述，也写到了日本值得借鉴的发展模式，自然，也勾起了他心中对日本军国主义给中国留下的伤痛的追忆。他写得客观、冷静，很有分寸，很有深度、广度，读后如身临其境，给人启发。

军旅生涯，给他一生的印象难以磨灭。在这本集子中，许多篇章都有这方面的追记和回忆。《湛江行》是最具代表性的一组。2011年11月，因公干他去了湛江四趟，先后待了三十多天，他抽空看望了战友、故交，重访了曾经工作、生活过的地方。故人重逢，故地重游，引发他许多追忆，许多感慨。这篇文章中，也令读者看清了他人生的轨迹和履印。读后很有亲切感。

黄耀池不是专门从事文字工作的人，但他的文章无疑有难得的可读性。之所以如此，是因为他的文字来源于生活，是真情实感的自然流露。这是最难能可贵的。

2020年5月4日

（作者系广东省委宣传部原常务副部长）

C 目 录

自 序 001

回家过年 004

令人痛恨又让人尊敬的"大和民族" 017

情深酿出好华章 035

湛江回忆 045

澳大利亚记游 094

洛阳行 124

普陀山朝拜之一 149

普陀山朝拜之二 154

新马泰行记 159

三亚行 168

人活百岁不是梦 185

漫谈老年人养生 197

一位当代"孟母" 210

到蓝袍村看渔民捕鱼 214

春到乌洋 219

我家小狗——旦旦 225

让我们亲近土地 231

自 序

人人都盼望出色,人人都向往美好。

在同龄人中,我是个幸运儿,小时家里虽穷,但倍受父母爱,倒没吃什么苦。儿时读书,从小学到中学,老师都对我关爱有加;当兵入伍后得到各级领导教育、培养、器重,使我从一个普通士兵得以入党、提干,先后从团、师、军机关到军区属下企业,直到在部队退休,成了职业军人,是部队培养了我,是部队成就了我。

我的人生有点特别,生于农村,当过农民,当过兵,当过军官又做过商人。我常常自夸:又民、又兵、又官、又商。由于什么都没做好,又常常自嘲:不像民,不像兵,不像官,不像商。

由于哪一行都没干好,在部队退休后,心犹不甘,于是又与人搭伙再次经商。近10年来一路跌跌撞撞,其间酸多甜少,背后艰辛我从不言说,途中艰难我从不畏惧。好在一帮好友,一路鼎力相助,使我渡过一个又一个难关。

本来经商应与企业家、大款为伍,而我却偏偏结识了一班文化名人、作家。像胡国华部长、廖琪主席、张培忠书记、龚笃平

画家、陈俊宝书法家等等,包括已故著名作家金敬迈、雷锋,都是我的座上宾,都是我的良师好友。

近十几年来,我收到几十位名家著作和名人书、画,"近朱者赤,近墨者黑",收多了,看多了,心里也痒痒,胆子也肥了,幻想着有朝一日,自己也出一本书。

理想很美好,提笔就犯难。读书容易,写书难。要写出有深度、有广度、有高度的文章更难。我自知"麻袋绣花底子差",于是便在书山这条路径上艰难跋涉,好在身边都是老师,不懂了就请教,廖琪主席、张培忠夫妇、林梓浩校长、黄柳国老师等都是近亲好友,随请随教,如果说近年学习有所进步,文化有所提高,皆得益于大家对我的指点和帮助。

我们中集公司的创始人傅仁章先生,78岁时得了脑溢血,半边瘫痪,只能靠右腿及拐杖或轮椅走路,无法工作了,便开始写作,今年92岁了,14年间共出78本散文集。由于右手偏瘫,只能靠左手用电脑写作。试想一位疾病缠身、进入耄耋之年的老者,没有坚强的毅力,刻苦耐劳的精神,能有如此成就吗?是他孜孜以求的治学精神给了我动力,是他的一再鼓励让我这个文墨不多的人也搞起了创作。

我未受过专业训练,写文章都是随性随笔,想到哪里写到哪里,写的都是诸如孩提时代、军旅生涯、农村拾趣、旅游见闻、儿女情长,既无系统,也没章法,却都是生活感悟、真情流露。这些零散的杂文偶然被大家看了,都说不错,要我结集出版。

听人劝,吃饱饭。我不妨试试水,如果成功,以后再写点像样的东西,总结一下自己,留给我的后人。

自 序

  我在部队服役和经商期间,得到了原364团邱公明副处长、原广州军区生产部已故夏岳山部长、原中集建设集团有限公司尚立荣董事长、好友李建华先生,长期、无私的支持、帮助。我的书稿,全部由办公室涂慧婷主任,利用业余时间整理、打印、校对;本书封面题名由原广东省作家协会专职副主席廖琪书写,在此一并表示衷心感谢!

黄耀池

2020年9月18日

回家过年

我的家乡位于粤东山区潮州市饶平县新塘镇乌洋村。党的十一届三中全会以前,它还是个穷山村。

1969年12月5日,我作为一名农村青年怀着对解放军的敬慕和向往,响应祖国的号召应征入伍服兵役,原想完成三年的义务兵役制后便回家。让我意想不到的是,一年后我入了党,随后又于1973年在部队提了干,这是我人生中的第一次华丽转身。尔后我从团后勤处管理排长、战勤参谋、军需股长、后勤处长一直到师、军、广州军区联勤部各级机关、企业任职,在部队一干就是33年,一干就是大半辈子,成了一名职业军人。

在部队服役期间,我先后在各级部队从事后勤军需保障工作25年,繁忙的军需保障工作使我不敢有回老家过年的念头。到了广州军区联勤部属下企业后,由于本人不善经营,企业营运一直处于不理想状况,日常杂事缠身,一直处于战战兢兢、如履薄冰的状态中,不敢擅自离开岗位。但回老家过年的念头却从未停止过,回家过年就像磁铁一样紧紧地吸引着我。随着年龄增长,回老家过年的念头愈来愈强烈。

回家过年

今年,我终于下定决心带着儿孙回老家过年。

屈指一算,我已经五十年未回老家过年了。五十年芳草萋萋,五十年小伙变白头。昔日的小青年,如今成了爷爷,家乡的亲人们像迎接贵宾一样迎接我这个五十年未回过老家过年的游子。

我的家乡变了,变得富足了。过去家家户户低矮又潮湿的泥瓦房,如今变为一栋栋宽敞明亮的楼房;昔日高低不平的泥土路,如今变成宽阔的水泥路;过去夜间照明靠煤油灯,现在乡村家里的电灯、路灯也像城市一样明亮;过去村里几户有钱人家才有一辆红棉单车,如今家家户户都有几辆摩托车、小轿车……

我的家乡变了,变得美丽了。昔日的荒山,由于退耕还林,变得一片黛绿;新开垦的茶园一块块、一垄垄点缀在青山绿水之

间,像一幅美丽的山水画;村里家家户户房前屋后都种上了各种花和果树,生态环境改善了,各种野生动物也多了,书上所说的鸟语花香在我的家里躺在床上就能体验到。

时光变了,变得物是人非。陆续有亲人、邻居、同事、同学离开人世;我的父亲早在我4岁时就已病故;我最亲爱、最思念的母亲和姐姐已于1988年4月12日和2003年大年初一先后去世;我的两个哥哥都已儿孙满堂,进入古稀之年;就连我的小弟弟也已经三代同堂。值得欣慰的是,兄弟姐妹的后代都比我们这一代强,比我们这一代出色,他们的文化高了,知识面广了,眼界宽了,现在都到外地去发展了。

我们四兄弟平均年龄已超过70岁,如今人人健在,家家都建了新房,儿孙几十人都有各自的事业,兄弟友好,妯娌和睦,个个都孝敬父母。一个大家族都圆圆满满、健健康康。这不就是人们所说的幸福吗?这不就是人们所期盼的圆满吗?这些能用金钱买得来的吗?

听说我回家过年,我们五兄弟姐妹共12个房头的侄儿、侄女、外甥们都各自带着自己的家眷从四面八方赶回来陪我。一个家族能够一个不少地一起回家团聚过年,这是五十年来的第一次!

我的族亲和邻居的五十多名后生,听说我回家过年都一齐来看望我这个老哥哥,认识我这个老叔叔。

这些在我当兵后才出生的族亲和邻居的后生们,他们出生在一个好时代,改革开放为他们提供了更宽广更有前途的发展机会,他们不同于我辈,早已到汕头、东莞、深圳、珠海、广州等

全国各地去发展了,他们也从全国各地回家乡过年。大家的到来,把我大哥家里家外挤得满满的,平时清静的庭院变得热闹了起来。几个侄儿忙着让座、端茶、递烟、送果。久违的亲人团聚让我沉浸在甜蜜和幸福的亲情之中……

唐代诗人贺知章的"少小离家老大回,乡音无改鬓毛衰,儿童相见不相识,笑问客从何处来"跃然跳入我的脑海。贺知章脍炙人口的诗句,是我这次回家过年的真实写照和刻骨铭心的体验。

我的孙女、孙子出生在澳洲,第一次随我回老家过年,对家乡的一切都感到新鲜、好奇。江涛、捷群、国镇、新龙四个侄儿每天安排了各种活动,轮流带着两个对乡村满是新奇的孙儿四处玩耍:到大尖山自家茶园搞野炊焖咸菜饭;到三饶镇参观城隍庙;到远近闻名的南联村观看客家围楼道韵楼;冒着严寒在我二哥自家的鱼塘放网捕鱼;到新丰泡温泉;还带他们去从未听过、从未见过的地里烧土窑、烤番薯、烤烧鸡,让他们体验乡村儿童特有的欢乐和口福。

我的族亲和邻居们见我带着儿孙回来过年,纷纷送来鸡、鹅、鸭、各种青菜、果品和三饶地区特有的美味甜糟肉;侄儿捷雄、侄女少娜还从海边买来活螃蟹、活虾、活鱼,令小孙子黄铂文高兴得摇头晃脑大喊大叫。

我的大嫂76岁高龄了,每天让她儿子、儿媳天不亮就到三饶采购新鲜食品,单独为我们做最可口的早餐;每天的午餐、晚餐变换着各种口味和花样给我们改善伙食。我女儿对我说,她在澳洲17年,还没有这次回老家过年十天吃的美味佳肴多,也第一次体会到家乡亲人对她这么关心和厚爱。

在侄儿、侄女们带着孙女、孙子四处观光的空当,我走访、看望了所有族亲和邻居的老人;与过去一起参军的一众老战友相聚言欢,同时也拜访了据说是潮汕地区最出名的茶艺师刘主任和原饶平一中校长林老师;并且专程到黄冈看望民强叔叔和堂哥东峰,到河口村看望了林创家老母亲。让我感触最深的是拜访陈永城老母亲,老人家今年111岁了,目前是饶平县最长寿的长者之一。我给老人家送上红包和事先特意请著名画家齐白石门徒龚笃平先生写的"福寿"二字的横幅。老人家竟拉着我的手说:"耀池哥你老给我红包,祝你在外面做事平安顺利、赚大钱。"我和孙女依依、孙子多多借老人家的福气和她一起照了相。

老人家有福了!有福生活在这个好社会!有福生活在这个伟

大的时代！有福儿子、媳妇和两个孙女一直以来对她老人家无微不至的照顾，使她老人家一直处在亲情的呵护之中，无忧无虑地生活着。祝福她老人家长寿再长寿！

看了陈永城的老母亲，自然想起我已逝的父母亲，虽然他们已经不在人世，但父母亲对我们的恩情和爱永远装在我们兄弟心中。父母亲先后离开我们几十年，但我一直觉得父母亲仍然还在家里守护着我们这些儿孙。大年二十八上午，我们兄弟带着自家的儿孙集合在父母亲墓前，献上我们带去的鲜花、清茶和果品，儿孙20多人一齐跪拜在父母亲墓前，寄托我们的感恩和思念之情。

我此生最大的遗憾，一是父亲走了没有留下一张照片，让我至今不识父容；二是母亲在世时，从没有回家陪母亲过年。

大年初一上午，我们四兄弟及儿孙辈等45人在大哥家门口一起照了一张没有父母亲的全家福，了却了我今年带儿孙回家过年的心愿。

在二哥的提议下，我们兄弟四人还手拉手照了一张"兄弟照"，前人说"兄弟同心，其利断金"，可见亲人团结是多么重要。我将把这些珍贵照片放大挂在我的家中，也将这份弥足珍贵的亲情和美好永远留在我的心中。

我大哥的四个儿女，听说我今年要带着儿孙回去过年，特意让大儿媳和大孙子黄海鸿专程去香港选购了一条金手链，一块上面刻有一匹骏马写有"马到功成"字样的金牌挂饰分别送给孙女蒋依利和孙子黄铂文（黄铂文属马），侄儿、侄女们合送的金饰礼品，寄托了他们对两个下辈人的厚爱、期盼和祝福！

我把两件金饰拍照发给远在山东济南的亲家，深明事理的亲

家发来信息说:让两个孩子好好珍惜这份亲情,永远记住这些亲人。

1999年春晚,歌曲《常回家看看》唱出了千千万万在外务工游子和在家守候父母的心声和渴望,受到举国上下十几亿国民的热捧和传唱。

回家过年就像地球的引力一样紧紧地吸引着在外的游子。每年春运,成千上万在外务工的国人放下手中的忙碌,回家过年,汽车票、火车票、飞机票成了一票难求。广东肇庆交警连续15年为保证邻省的广西、湖南两省的"铁骑摩托车大军"平安回家过年,在辖区内设立摩托车检修、防雨、保暖、茶水、饭食、充电、药具等11类暖心服务站,为过往的"铁骑大军"保驾护航。春运的大迁徙成了世界上独一无二的风景,成了一道奇观。

全世界没有一个国家,没有一个民族的节日像我们中华民族的过年这么隆重,这么盛大,这么五彩缤纷,这么有仪式感。每逢新年,党和国家领导人就会向全国人民拜年,发表热情洋溢的电视讲话;各级党委政府、工会召开各种座谈会,给英雄、劳模、伤残军人、孤寡老人发放慰问金送上慰问品;家家户户都会采购年货,贴春联,大年三十晚上一家人围在一起,包饺子,吃团圆饭,聊家常,诉衷情。这是一年中最难忘、最幸福的时刻。那一刻不管你在外面有多少艰辛、疲惫,笑脸上也充满了幸福;那一刻不管你在外有多少忧愁、委屈,酒杯里也充满欢乐;那一刻你就是个贫穷者,也会感到富有。因为你拥有人世间最宝贵的亲情!

最让人期待的是一年一度的春节联欢晚会,这是全国五十六

个民族包括海外华人、国际友人的一顿精神盛宴,它将过年的气氛推上了高潮。

而后从初一起,家家户户燃放鞭炮,串亲访友,互相祝贺新年。各种地方戏剧、相声、小品、曲艺、灯谜轮番登场,到处都是欢乐的海洋和充满幸福笑脸的人群,一直到正月十五闹花灯。

而潮汕地区农村过年,更有一番热闹和情趣,更有仪式感。年味延续时间更长。

儿时家乡过年,从农历十二月便开始为过年做准备了。农历腊月二十四这一天,我们家乡有一习俗叫送"神"上天,这神也叫"司命公""灶神爷"。这是潮汕地区过年前要做的头一件大事。这一天家家户户都用糯米做粿,里面包着花生、芝麻、红糖等,还有"三牲"(鸡、鸭、鱼)用来拜"司命公"。传说这位"司命公"主管"人畜兴衰、五谷丰登"。因此家家户户都非常虔诚,大人们天不亮就起来准备祀拜事宜。祭拜时先摆上祭品,点上三炷香,然后跪下,口中念念有词,祈求"司命公"上天多和玉皇大帝为家里说些好话,为来年家里消灾解难、添福增寿、丰五谷、饲大猪。祭毕烧两匹纸马,意让"司命公"坐上天马直达天宫。

送"司命公"上天后,家家户户便要"采囤"(打扫卫生),将屋里、屋外、屋顶、地面、日常家居用品、四季衣服、被褥等彻彻底底清洗干净,同时将家里布置一新,以迎接"司命公"返回人间。正月初四一早,家家户户也按腊月二十四的做法,迎奉"司命公",同时再烧两匹纸马,接"司命公"落地回家。

做完这件大事后,老百姓便开始准备过年的物品了。这时候户主便会上街市,为自己爱人、孩子剪布做新衣,买新鞋子、新袜子,添置一些家用物品,选购年画、春联,家里制作各种米粿。男人们开始理发,女人们"挽面"(做美容)。大年三十早上,先祭拜祖先,宰鸡杀鸭,张挂灯笼,贴春联,还要把家里的水缸装满水,把米缸装满米(意即来年衣食不愁),然后准备年三十晚餐,这是一年中最丰盛的家宴,家家都会把自己种的、养的、买的最好吃的东西做上满满一大桌。吃完团年饭后,大人要给长辈送上红包,给小孩压岁钱,晚上一家坐在一起守岁祈福。

大年初一一早,一家人穿上新衣,先拜祖宗、天地,放鞭炮,吃斋饭,然后大人带上一对大橘,带上儿孙给族人、长辈拜年,互祝新年吉祥安康。初一这一天禁忌很多:不准扫地,不准杀生,不准说粗话,不准说不吉利的话,不准打骂小孩……

到了初二,凡结过婚的夫妻都要回娘家,给岳父母拜年,或串亲访友。儿时农村,春节期间一些富有的人家,为了做好事,会出钱请戏班子来村里唱戏、放电影或舞狮子。有些青年人为斗富,不输他人,也纷纷出钱或唱戏或放电影,从初一到十五,几

乎每天晚上都有节目。周围十村八里放电影、唱戏彼此不断。我就和邻居的小孩结伴前往观看,那时候是我们一年中最高兴、最快乐的时光。

在潮汕地区,还有正月初七吃"七样菜"习俗。

据传女娲开天辟地时,第一天造鸡,第二天造狗,第三天造猪,第四天造羊,第五天造牛,第六天造马,第七天造人。后人把正月初七这一天定为人日,便是由此演化而来的。

在我们老家,正月初七这一天,家家必须食用七种菜做成的拼菜,这七种菜分别是萝卜、厚合菜、葱、蒜、韭菜、芹菜、春菜,各种菜都有说法:萝卜意即清清白白;韭菜意久长;葱意聪明;厚合菜和大蒜意即诸事合算。其意思是新年一家清清白白,做事如意,百无禁忌。

正月初七吃七样菜,代代传承,历久弥新,由于它的好意头,人们也吃出了好心情,同时也寄托人们对新的一年财运兴旺、吉祥如意的良好期盼。

史料上记载,正月初七吃七样菜习俗从唐代兴起。宋之问、乔侃、韩愈等人都写过人日吃七样菜的诗作。

在潮汕地区,新年过后还有一个大节目"营老爷"(大概相当于北方地区的庙会吧)。

潮汕地区自古"神明"多,如城隍、关爷、妈祖等。据说这里的每一个村镇都有一位"老爷"守护人畜安康兴旺。

"营老爷"活动始于每年正月初十以后,至正月二十前各村镇都举行,有的白天,有的晚上。届时,村里挑选出八个精壮青年,从老爷庙里请出老爷,将老爷放上八抬大轿,"营老爷"队伍由轿夫抬着老爷、标手(扛标牌)、牌手(举牌人)、锣鼓队、舞狮队组成,全村男女老少都像过年一样穿上节日盛装,女人们还浓妆艳抹,跟着"营老爷"队伍走遍全村每一个角落。据说凡是"老爷"走过的地方,新的一年便无灾无难、人畜兴旺。

"营老爷"活动结束后,家家户户都会带上自己的儿孙用手摸一摸"老爷",传说摸了老爷的孩子都会健康平安。

这是民间祈求"老爷"保佑全村人新的一年风调雨顺、平安吉祥的一种美好愿望和祈求。

上述习俗虽有封建迷信

的成分，但通过"营老爷"活动，却也实实在在地化解了村民之间平时产生的矛盾，村民间的关系更密切了，全村人更加团结了。凡是几百年、几十年来都坚持上述传统文化习俗的村镇，其村民敬老爱小，民风淳朴，村民文明，上下左右关系和谐，打架斗殴、吸毒、偷盗者更是少之又少。

我想社会学家应该对此现象进行研究剖析，研究其中因果。当然此乃题外话了，一语带过。

吃够了、玩够了、乐够了的人们又收拾起行囊，告别父母，告别爱妻幼子，开始了新的一年的征程，这就是中国人的春节，这就叫过年。

2020年春节，由于冠状病毒肆虐，为防止疫情扩散，党中央和各级政府要求大家就地过年。不少在外地工作、外出务工的游子无法与父母亲团聚，但故乡和亲人仍然让这些外出的游子牵肠挂肚，他们渴望回家。亲人之间虽然相隔千山万水，但隔山隔水不隔亲情。春节这一天所有在外的游子，几乎同时放下手中的忙碌，拿起手机、电话，或书写微信，或拨通视频等与自己远在千里之外的亲人谈家常，诉亲情，送祝福，传递这浓浓的骨肉之情，让父母亲人享受这人间至爱亲情的甜蜜。

近日电视上报道，四川一些山区留守老人、妇女，因不会使用微信视频无法与自己在外务工的亲人交谈，当地政府亲政爱民，专门派有关人员翻山越岭，采取分村逐户包干的办法每周两次上门帮助其父母拨通视频，让父子、夫妻、母女等在视频上互诉衷情，排解思念之苦。

更加感人的是不少医生、白衣天使、公安干警、解放军战士

毅然放弃春节与亲人团聚的宝贵机会，开赴异地他乡，帮助抗疫。瘟疫无情，人有情！为了战胜疫情无意间却向全世界显示了我们社会主义制度的优越性，"战疫"成了爱国主义教育，展示人间大爱的一次大彩排。

为什么中国人这么重视过年？因为中国是礼仪之邦，中国人重情义、讲孝道，中国人讲友情、讲爱情、讲亲情。

过年给人期盼，过年给人希望，回家过年让人渴望。过年是友情、爱情、亲情的集结号；过年是劳动人民一年辛勤劳作后对自己的奖赏；过年是人们一年365天的最后驿站；年是家的港湾，家是年的码头。过年是中华民族特有的嘉年华。

就在我写这篇短文的时候，我从手机上看到蒋介石第四代孙子在网上发推文说："最好最坏的状态我都见过，就是没见过家里幸福的状态。"是啊！人世间还有什么比亲情更珍贵，比亲人团聚更幸福呢？

世间万事万物都在变，唯有亲情、爱情、友情永远不变！

父母在，家就在，爱就在；家在，亲情在，思念就在；这就是家的魅力，所谓家国情怀便是这个道理。中华民族之所以源远流长，绵绵不断，在于对中华文明和传统文化的继承和发扬，而过年则是我中华文化有别于其他民族的一种独特的文化传承，也是中华民族生生不息、薪火相传的源头所在。

今后，我还会带着儿孙回老家过年。

2020年元月30日于广州羊城家中

2021年2月20日修订

令人痛恨又让人尊敬的"大和民族"

——游日本

一、可赞的人文景观

飞机的强大引擎把我送上了蓝天,多少年来盼望到日本看看的愿望终于实现了。

日本位于太平洋西侧,由北海道、本州、四国、九州4个大岛及3900多个小岛组成,总面积37万平方公里(相当于我国两个广东省),总人口为12700万。日本国土狭小,地形破碎,全境崎岖多山,山地约占全国总面积的76%,境内无煤、无铁、无石油,是一个资源贫乏的国家。

然而,从1945年9月2日日本战败起,至1987年短短42年时间,日本一跃成了亚洲太平洋地区经济最发达、技术最先进的国家。一个战败国,又没有资源,能在这么短的时间里科学技术和工业发展如此迅猛,GDP让全世界瞩目,这不得不让人信服。也正因为如此,使我一直想到日本看看。

抵达日本后,我们参观的第一站是奈良的东大寺。东大寺始建于公元728年,其正殿正面宽75米,深50米,是目前世界上最大的木结构建筑。东大寺是日本国内68所佛寺的总寺院,大殿内供奉着一尊15米高的大佛卢舍那。我国唐代高僧鉴真和尚曾在这里设坛授戒。据载,公元754年鉴真和尚东渡日本后,日本的孝谦天皇下圣旨封鉴真和尚为大僧都(相当于现在我国的佛教协会会长。但当时日本尚未开化,鉴真和尚在日本的地位、影响力和作用远比现在的佛教协会会长大得多),统领日本的佛教事务。在日本传经颂教期间,鉴真大和尚还把我国的中医、书法、建筑、雕塑等传入日本,为日本社会的进化、发展做出了巨大贡献。1993年秋天出席中、日、韩三国佛教友好交流会议的三国代表曾在这里共同举行了祈祷世界和平法会。1998年古奈良作为历

史遗迹组成部分被列为世界文化遗产。

东大寺历史悠久,名气巨大,论地位该与我国佛教四大名山的浙江普陀山、山西五台山、四川峨眉山、安徽九华山等同等地位。但寺内空空如也,信众不多,香火不旺,给人冷冷清清的感觉。比起我国普陀山、五台山、峨眉山和九华山来真可谓天壤之别。

奈良公园是相距东大寺不远的景区,这里圈养着世界上最温顺小鹿1200多头,奈良喂鹿是此地旅游的一个亮点,凡是来此地的游客,无不掏钱购买鹿饼喂鹿。这些小鹿就像森林里的小精灵,它们旁若无人,三五成群或悠闲小憩或卖萌讨食,只要发现游人手里拿着鹿饼,小鹿便会跑过来围着你不断向你鞠躬,直至你把饼干拿给它吃完,它仍不断向你鞠躬,这时你必须把双手举起来让小鹿知道你手里没食品了,它才会停止鞠躬离开你。把动物驯养得如此温顺又懂礼貌识人性,恐怕全世界绝无仅有。人与动物如此近距离和谐相处,使人感到和善、温馨,让人充满爱意,心生喜悦。

我们旅游的第二个景点是静冈县的富士山。据导游介绍,富士山是日本最高的山,海拔3376米,被日本人誉为圣岳,是日本民族的象征,也是世界最美丽的高峰之一。

据载,富士山于公元前286年因地震形成,自公元781年日本有文字记载以来,火山共喷发18次,最后一次是1707年,此后便变为一座休眠的火山。

从远处看去,富士山山峰高耸,山体底粗顶细,由下而上均匀对称,山巅白雪皑皑,像一位雍容华贵、气质高雅的贵妇,体

态端庄、衣着华丽，让人心生敬仰，令人肃然起敬。据说每年的7—8月有许多驴友专门跑去登富士山，在日本人心目中，认为登上富士山顶就是英雄。

这和我国"不到长城非好汉"的说法相似，季节所限，我们未能登山，当然便不能成为英雄了。在我们所到的旅游景点中，最美莫过富士山，它像一位心仪的恋人让人神往，让人难以忘怀。

我们旅游的第三个大看点是赏樱花。日本的樱花就像我国洛阳牡丹一样久负盛名，到日本谁都想看看富士山下的樱花。我们随着旅游团到伊豆的河津地区，成片的樱花排列在河谷两边，足足有2公里。盛开的樱花像流云、晨雾、白雪、彩虹、又像晚霞，铺天盖地怒放着。不少游客还没下车便欢呼起来，我倒不觉得有什么惊喜，樱花怎么也比不上洛阳的牡丹高贵大气；也没有兰花那样脱俗、高雅；倒像一群天真活泼、无忧无虑、浪漫奔放的花季少女。

在六天的旅游中，给我留下深刻印象的不是奈良喂鹿，不是富士山的高雅，也不是赏樱花的浪漫，而是日本的人文景观。

踏上日本国土，给我的第一感觉就是干净。日本地域狭小，

是一个多山且自然灾害频发的国家,但生态环境保护做得非常好,所见山峦到处都被森林覆盖,一片郁郁葱葱。日本的森林覆盖率达64%,是世界上森林覆盖率最高的国家之一。我们行走在大阪、四日市、静冈、热海、东京各市,到处都是高大的树木,整齐的草坪,大片大片的绿地,凡是有土地的

地方都被绿色所覆盖。日本国民具有强烈的环保意识,不管你穿行在日本的城市之间,还是高速公路、旅游景点,所到之处干干净净。据导游介绍,日本是世界上垃圾分类管理最严格的国家,仅矿泉水瓶,就分瓶盖、塑料商标和塑料瓶三个垃圾桶。人们外出都带着塑料袋,把自己产生的垃圾保存起来,放到存放垃圾的地方,家家户户都能自觉严格分类,不管走到哪都看不到乱丢垃圾和吐痰的现象。

  日本人十分强调节约,全民族具有很强的节约意识,特别珍惜粮食、食品,国人视浪费为犯罪。我们所到景区,大都采用分餐制,食物很少,不少人都嫌吃不饱。日本人认为够吃就好,再说吃多了、吃太饱了对身体健康不利。在日本很少能看到大腹便便的商贾、贵妇。不管在任何地方,餐桌上基本看不到浪费现象。我们

到达富士山的第二天，早餐是自助餐，餐厅容纳100多人，其中有一个日本老人团，早餐后餐桌上干干净净没有留下一丁点食品，餐后大家都自觉把用过的餐具放回待洗的塑料盆。我目睹我们中国旅游团，有的简直像一群灾民，拿食物大盘大碗，吃不完食物连同餐具放在餐桌上，场面一片狼藉，几位日本餐厅老阿姨服务员，边收拾边摇头，我为同行的族人感到无地自容。

这次到日本旅游，我是带着好奇、观察、学习的态度来的。一个民族，一个国家能立于世界之林，一定有它的独到之处。一踏入日本国土，给人的印象是日本国民素质很高，这与日本的教育水平高有很大的关系。日本人对人非常有礼貌，在日本不管在宾馆、商场、餐厅总可看到服务人员向客人鞠躬致谢。

日本人有句口头禅："不给他人添麻烦。"每一个人都会把自己的事做好。我们在奈良、静冈、热海的商店里看到每个门店的物品都摆放得整整齐齐，擦得干干净净，上班一族西装革履，就连出租车司机也身穿西装扎领带，没有邋遢、吊儿郎当的现象。我想这也是不给他人添麻烦、尊重他人的一种文明行为。

行走在各个城市中，我感觉日本人很团结，民族意识很强，这是一个高度融合的社会，不像其他国家，有民族、种族、语言和文化的差异。可以说团队精神是日本人与生俱来的，大家都能自觉融入国家、民族、团体之中。日本人有一种强烈的危机意识和不屈不挠的奋斗精神，特别是勤劳、务实和工匠精神，这是其他民族所不能比拟的，更是值得我们学习的。

二、可借鉴的发展模式

自从1945年8月15日,裕仁天皇向全日本广播,接受波茨坦公告,实行无条件投降,结束战争之日起至1987年止,短短42年,日本由一个战败国,把一个残破不堪、一片废墟的国家建设成为全亚洲经济最发达,技术最先进,全世界经济排列第二的国家,其发展速度之快,不得不让人佩服。

2010年,我国的GDP超越日本,成为世界第二大经济体,这是全体中国人民在中国共产党的正确领导下,经过艰苦奋战干出来的。全世界各国公认,中国的崛起势不可当,中国在短短的六十余年,高速发展创造了世界经济史上的奇迹。这是我国经济建设一件了不起的事,也是一件值得我们庆贺的大事。

然而,我们一些媒体、公知们却沉不住气了,浮躁了,飘飘然了,一时间"厉害了我的国"充斥于耳,说什么:过去的二十年是日本失去的二十年,日本衰退了,没落了,今天拳打日本,明天脚踢美国,浮骄之气盛行。

2019年2月15日,出去日本旅游前,为了增强对日本的了解,我提前两个月阅读了不少日本经济发展的资料和书籍,从资料和旅游中的所见所闻,其真实的日本情况与国内某些媒体、公知们所说的相去甚远。

我们对日本的看法、评价不能简单地被中国GDP经济总量超过日本成为世界第二大经济体的表象所掩盖。

殊不知,日本的国土只有我们的1/25,人口只是我们的1/10,日本人均GDP是我国人均的10倍。从2010年的资料看,

当年我国人均收入4260美元，日本人均收入是42150美元。日本人均收入排在世界前列，而当年我国人均GDP在世界的排名120位。即便到现在，我们的人均GDP排名也只在76位左右。

首先，我们看看日本高端制造业方面的情况，在世界500强中，日本有52家跨国企业榜上有名，仅次于美国（121家）、中国（112家）排列第三位。日本的丰田、日产、索尼、松下、三菱、东芝等企业其产品质量之好享誉全球。

日本在技术创新上是全世界出了名的，早在20世纪80年代，日本就提出了"技术立国"的战略口号。日本政府特别重视技术研发，科研领先、技术优势是日本国家手中的王牌。日本的技术研发经费投入占全世界总量的20%，全世界经合组织成员国的平均投入只有2.3%，而日本人口只占全世界的2%。全世界十大发明企业有8家在日本，其专利发明主要集中在机械电子、精细化工、纳米技术、机器人、新能源和环保等高科技领域，目前在计算机行业和日本开展竞争的只有美国，在今后很长一段时间，日本技术创新的领先地位是不可动摇的。

在汤森路透评选出的"2017年全球创新企业百强"榜单中，日本以39家入选力压美国的36家，高居世界第一。日本在2015、2016、2017连续3年名列第一。而我们当年只有华为一家入选。

这几年来，我国高铁发展迅猛，这是我国人口众多，原来交通落后而产生的喷发式发展，当然是了不起的成就。但日本的新干线早在1964年就投入营运了，也就是说，日本人55年前就开始有高铁坐了。

顺便说一下，1978年10月26日，当时刚刚复出不久的邓小平

副总理访问日本,在日本乘坐新干线"子弹列车"时,当随行人员问邓小平感觉怎样?邓公兴致勃勃地说:"真像飞一样,速度快,蛮舒服,看来干什么都要速度啊。"还意味深长地说:"就像推着我们跑一样,我们现在很需要跑、快跑。"

邓公在日本访问期间与日本签订了《中日和平友好条约》。彼时,由于我国改革开放刚刚开始,缺钱也缺技术,根据条约,从1979年起日本开始对我实施ODA(即政府间的援助:分有偿、无偿和技术支援三个部分)的经济、技术援助。北京的首都机场、北京地铁工程、上海浦东机场、武汉天河机场、上海宝钢钢铁厂、南昆铁路、北京至秦皇岛的铁路扩建、广州至衡阳的铁路扩建、连云港和青岛港扩建工程,还有北京中日友好医院(耗资6000万美元,全部由日本无偿援建)等一大批基建工程、民用设施项目等都是由日本ODA提供资金建设的。1993年11月11日,日本还向我国援助2亿份脊髓灰质炎疫苗(预防小儿麻痹症到2000年,我国消灭了脊髓灰质炎)。

2020年年初,我国湖北武汉发生了新冠肺炎疫情,各国政府纷纷伸出爱心之手,拨款送物支援我国抗击瘟疫。2月10日,日本首相安倍召开自民党会议,通报我国武汉疫情,决定每个自民党员捐献5000日元(相当于380元人民币),总计筹集200万日元(折合人民币约12万元),并决定由政府支援我抗击新冠肺炎病毒9吨医疗物资、100万个口罩、5万副手套,在捐赠物资包装箱写上"山川异域,风月同天,青山一道同云雨,明月何曾是两乡"等文字,让不少国人感动得热泪盈眶。

据统计,39年间日本给我国提供的贷款达3.65万亿日元(折

合人民币2253亿元）。改革开放40年，我国接受外来援助中，日本占了60%。2010年我国GDP超越日本成为世界第二大经济体，日本人认为，中国已比日本强盛了，不再需要日本的援助了，2018年日本才正式停止对我国的ODA援助。

客观公允地说，我国改革开放所取得的伟大成就，日本是出了大力的。

现在我国刚刚在试用、推行的新能源汽车（充电、充气两种），大家都觉得既省钱，又环保，很先进了。我们在日本旅游期间，一位在日本读书的华人小哥导游告诉我们，丰田公司已成功研发一款新能源氢气小车，并投入使用了。该车3分钟即可加气6公斤，可续航行驶600公里。导游小哥说，日本政府规定不准出口，此款小车只限于日本人自己使用。

再看看日本的金融能力，早在20世纪80年代，日本就确立了金融帝国的地位。虽然后来给美国挖坑和其签订了《广场协议》被美国人狠狠地割了一次韭菜，但其金融实力依然强大。日本是世界上最大的债权国，2018年在海外的净资产达8.97万亿美元（美国27.8万亿美元，我国6.9万亿美元）。人们常说，日本在海外还有一个超级日本。日本国土面积小，资源匮乏，日本人危机意识非常强，所以从20世纪开始便在海外购买资源。据资料显示，日本海外资源面积已经达到日本本土的10倍（主要是油田、矿山、原材料、贵重金属等，国际上统称为资源面积）。目前全世界的高端产业链的主要资源几乎都由美、日两国霸占。

日本人一直以创新、务实、苦干、执着的工匠精神和精细管理而著称于世。日本的工业几十年来一直处于世界前沿，其科技

创新连续18年获得诺贝尔奖,在全世界独一无二。日本的经济社会发展已经进入高度发达文明的程度,在全世界中,日本政府廉洁,日本法制健全,犯罪率低,治安良好,社会稳定,食品安全,环境优美,医疗保障,老人长寿等方面都是世界上数一数二的。

相比日本,我国仍然并将长期是一个发展中国家,我们人口众多,国土面积大,底子薄,东、西部发展极不平衡,我们与发达国家相比还有较大的差距,我们目前还处在艰难的爬坡阶段,要赶上发达国家的综合水平,还必须付出长期不懈的努力。

1978年10月23日,邓小平副总理在日本会见福田首相、大平正芳外相时,曾风趣地说:我是像"徐福"一样来寻找"仙草"的。邓公所说的"仙草",就是指当时我国刚刚改革开放,是来向日本学习先进的科学技术和管理经验的。

一个国家,一个民族,要想进步,要想强大,既不能妄自菲薄,也不能夜郎自大,更不能因为我们进步了,有成就了,就去小看别国。

"他山之石,可以攻玉",我们必须虚心学习他人的成功经验,借鉴先进的发展模式,只有这样,我们才能迎头赶上,永远立于不败之地。

二、可恨的历史伤痛

从孩提时代起,我们从小学课本、连环画、电影、父辈口

中，就知道日本人很可恶，很可恨，是个坏东西。

我们的国人，从官员到老百姓，从大人到小孩，都称日本人为"小日本""倭寇""日本鬼子"……

在我国历史上，有四个国家对我国伤害最大：英国、俄国、美国、日本，而在骂外国人中，唯骂日本人最难听。

以文译义："小"就微不足道，就是看不起；"倭寇"，倭就是短小，猥琐；寇就是土匪之类；"鬼子"当然就不是人了。

然而，正是这个国土狭小，资源贫乏，被我们嘲讽为不是人的鬼国，竟在近代史上闹翻了大半个世界：先是1894年对我国发动甲午战争，把我泱泱中华大国打得遍体伤残；1937年7月7日，对我国发动全面侵略战争，差点要了我们的老命；继而在1939年5月11日，又与苏联在诺门坎打了一仗，斯大林的铁拳把日本人打得鼻青脸肿、残肢断臂，让他明白"北进"之路不通，只能"南下"；1941年12月7日偷袭美国珍珠港，把傲慢自大的山姆大叔打得抱头鼠窜、晕头转向。

1868年，日本通过明治维新（说白了就是脱亚入欧），开始走上资本主义道路，从此国力逐步强盛，国内产业革命出现高潮。日本作为一个岛国，国内资源贫乏，市场狭小，因此，日本急于对外输出商品，输出资本。1885年日本制订了"清国征讨策略"，其第一步是进攻台湾；第二步是吞并朝鲜；第三步是进攻蒙满（即东北三省）；第四步是灭亡中国；第五步是征服亚洲称霸世界。

1894年7月25日，日本对清朝不宣而战，对清朝海军发动突然袭击，击沉清朝运兵船"高升号"，造成清军871名江淮弟子

全部壮烈殉国，这是甲午战争的开始。1894年9月17日，日军进攻朝鲜平壤；11月22日日军在我国旅顺花园口登陆，由于清政府的软弱无能，使经营了十余年的旅顺口在日军攻击下一天沦陷；1895年日军登陆刘公岛，威海海军陷落，日军不战取得了营口，至此我北洋舰队全军覆没。

清朝战败后，日本逼迫中国政府割让台湾、辽宁、琉球等地，赔偿白银三亿两，此战中国军民伤亡4万余。

甲午一战，日本人毕其功于一役，取代了英国成为清朝的宗主国。其占领土地仅辽宁、吉林、黑龙江三省的总面积就达113万平方公里，相当于日本国土面积的三倍多，这大大地缓解了日本国内工业发展与资源短缺的矛盾，使日本的经济获得了极大的发展。同时日本用抢劫中国人民的金银财宝，完成了原始积累，建立起近代工业体系和金本位体制。战争让日本人尝到了杀人越货、掠地抢钱的甜头，又进一步激发了日本军国主义的狼子野心。

1927年6月，日本首相田中义一主持召开会议，确立了"满洲从中国本土分裂出去，自成一区置于日本势力之下的侵略方针"。

此后日本政界都把中国的蒙满（东北三省）视为日本的生命线，当时日本政友会议员松冈洋右曾恬不知耻地在议会上公开宣称"蒙满问题是关系到我国的生死存亡的问题，是我国的生命线，无论在国防上还是在经济上都是如此"。日本关东军司令菱刘隆上将在对部下训话时，赤裸裸地提出"惟蒙满之地，对帝国国防及生存具有极深的特殊关系"。

正因为有"极深的特殊关系",以日本关东军为首的狂热军国主义者石原莞尔策划制造了震惊中外的"九一八"事变,把中国人民推进了长达14年的战争深渊。

1931年9月18日,日本关东军独立守备一队炸毁了沈阳柳条湖附近日本人修筑的南满铁路,诡称是中国军队所为,日军以此为借口,炮轰沈阳东北军大营,随后日军守备队向我国北大营驻军发起进攻。

由于蒋介石的不抵抗政策,我北大营守军没有组织有效抵抗,第二天日本军队便占领了北大营和沈阳市,随后又先后占领了辽宁、吉林两省,到了1932年2月2日,日本军前后仅用4个月时间便攻占了东三省。

国民党蒋介石的不抵抗政策,使日本军国主义者不费吹灰之力就拿下了东三省,极大地膨胀了日本军国主义的侵略野心,也为其后面全面发动对华侵略战争取得了战略基地。

从1931年9月18日,日军发动震惊中外的"九一八"事变,侵占了我国东北三省,到1937年7月7日的侵华战争全面爆发,再到1945年8月15日,日本向同盟国宣布无条件投降止,这场旷日持久的战争前后持续了14年。14年间,我中华民族共有26个省1500多个县,面积600多万平方公里,2亿多人民遭受战争的涂炭,全国有3500多万军民伤亡,财产损失和战争开支超过5600亿美元。日本对我国造成的伤害和灾难超过了中华民族历史上任何朝代。

最可恨的是日军公然违背国际公约,在我国不仅在战场上对我国军队施用化学武器。且惨无人道地对我被俘人员进行活体实

验，使用化学武器屠杀无辜平民。

日军或用飞机从空中投放被细菌感染的昆虫、食品、棉絮等，或是派遣细菌战战队队员潜入我后方直接向居民住地、水源和农作物撒播细菌。据不完全统计，日军使用化学武器遍及我国18个省区。在14年侵华战争中，先后使用细菌2000多次，造成我国军民直接中毒，死亡10余万人。

此外，侵华日军遗弃在我国境内的化学武器，在战后已造成2000多中国军民意外死亡。正是：

> 掷怀于地！问3000万冤魂找谁诉说？
> 拍案长叹！如此民族仇恨何时雪耻？
> 挥三尺之剑，难断我心头之恨！

遗憾的是二战结束后，由于美国，以及蒋介石政府等诸多原因，日本对我们的国家、我们的民族至今没有给予任何战争赔偿，就连一句道歉的话都没有，甚至至今仍在不断伤害我们。2012年4月6日，原二战战犯"九一八"事件策划者石原莞尔的儿子东京都知事石原慎太郎就口出狂言称："东京都将购买钓鱼岛。"安倍上台以来，多次率自民党官员到靖国神社拜鬼。这是继续在中国人民的伤口上撒盐，继续对中国人民进行伤害和侮辱，这是赤裸裸的挑衅。这难道是一个战败国应有的态度吗？

二战结束后，俄罗斯至今个是仍占领日本的北方四岛吗？俄罗斯副总理特鲁特涅夫公开宣称："占领北方四岛是对日本发动二战的惩罚。"俄罗斯总统普京、总理梅德韦杰夫多次登岛，日

本人屁都不敢放一个。2005年世界纪念二战胜利六十周年，小泉不来中国，但不敢不去俄罗斯。

二战中，美国不是对日本投了两个原子弹吗？几十年来，日本人对美国人俯首帖耳，从未听到日本人敢骂美国人一声。

美国有一个著名人类学家本尼迪克特写了一本《菊与刀》，专门研究日本人的心理性格，称"日本人既生性好斗，而又温和谦让；既穷兵黩武而又崇尚美感；既桀骜自大而又彬彬有礼；既顽固不化而又能屈能伸；既保守而又敢于接受新的生活方式"。其结论是："日本人是一个政治、人格、精神分裂的民族。"

综观近百年来日本人的所作所为，其两面性的人格精神分裂症，可喻为狼性和狗性。在弱者面前是狼，凶狠毒辣、惨无人性；在强者面前是狗，俯首帖耳，点头哈腰。说到底，日本人只承认实力，不承认道理，是惧威而不知怀德的民族。

二战中，中国人民没有完全凭借我们自己的力量，给日本人狠狠一击，战后也没有像日本当年对中国那样高价索赔，使日本人没有因犯罪而羞耻，因失败而恐惧，更没有对我族产生愧疚和敬畏之心。

2014年2月27日，十二届全国人大常委会第七次会议表决通过：将每年9月3日，确定为"中国人民抗日战争纪念日"。告诫我族"勿忘国耻"。

当然，铭记历史的意义，在于不让历史重演，而不是要我们记住仇恨，永远生活在痛苦之中。

中国和日本是一衣带水、隔海相望的邻邦。从公元57年倭国（日本）使者拜见光武帝刘秀并赐封"汉倭奴国王"金印起到公

令人痛恨又让人尊敬的"大和民族"

元753年唐代高僧鉴真和尚东渡日本并把我国的书法、中医药、建筑、雕塑等传入日本止,可以说一千多年来,我们是日本人的老师,是日本社会进化发展的助力者。直到1868年日本明治维新以后才完全脱离我们走上革旧鼎新的新兴之路。而在明朝以前,我国是当时世界上经济和科学技术最发达的国家。遗憾的是从清朝的1757年起,我国开始闭关锁国,从此以后中国与世隔绝,在文化、经济、科学、技术上无法向外国先进的技术学习、接轨,严重阻碍了我国生产力的发展,从此中国远离了世界发展潮流的中心,一步步走向衰落。直到1840年闭关锁国的政策才被英国人的长枪短炮所击碎。

中日两国2000多年来,恩怨不断,你中有我,我中有你。两国是邻、是友、是亲;是仇、是恨、是敌;既伤害,又帮扶;是师、是徒、是对手;既合作,又竞争。岁月轮回,相互交替,又相互互补。

和平和发展是当今社会的两大主题,现在的世界五洲狼烟、四海纷争,战争依然是我们不得不面对的现实。中日两国同为世界大国,日本有别于他国,又是搬不走的邻居,今后如何处理好双边关系将是考验两国执政者的政治智慧。

近年来,有不少有识之士预言:鉴于日本岛国的地缘特点及其狼性,日本早晚还会与中国干一仗。

最好的战争,也没有最坏的和平好!

中国有句古语:"国虽大,好战必亡;天下虽安,忘战必危。""能战方能止战。"这是抗日战争给我们的启示。

2019年5月5日初稿

2020年2月14日修订

情深酿出好华章

——读张培忠《永远在路上》有感

两年前,好友培忠曾先后多次告诉我,2012年是他父亲去世三十周年,他要写篇文章纪念他。

二十多天前,培忠又告诉我,纪念他父亲的文章写出来了,共4万余字,配12幅照片。《中国作家》杂志一字不改,照片一幅不减,全文照登。等杂志出来,马上送我一本。

7月14日晚上11时,我送别广西客人回到家里,见饭桌上放着一本《中国作家》期刊,我知道这是培忠爱人红丽送来的,立马来了精神,"狗过溪"地洗了澡,一边擦头发,一边阅读起来。

一

《永远在路上》是培忠采用倒叙的手法,回忆20世纪他父亲乃至祖辈们觅食的艰难历程。

　　沉重的劳作，拮据的生活，凄凉的故事，久违的乡音俚语，流畅的文字，让我一下子"吸神"起来。随着培忠的文字，我仿佛回到20世纪五六十年代的艰苦岁月。相同的地域、相同的境遇，使我记忆犹新，感同身受，产生了强烈的共鸣。当看到培忠父亲在隔乡南淳村给舅舅放牛，其家里帮工们吃剩半桶面条，外祖母心疼女儿一家人经常挨饿，让培忠父亲拿回泰阳楼给培忠祖母一家人吃时，我的眼泪像开闸一样哗哗地流了下来。模糊的双眼，我仿佛看到一个瘦弱的男孩，身上披着一件棕蓑，手里提着半桶面条，冒着大风大雨，跌跌撞撞，深一脚浅一脚地行走在山边不平的泥泞土路上……随着文章的展开，我又仿佛看见一个清瘦、高挑、皮肤黝黑、"志在吃饱"的青年人为了一家人能"吃饱"，三天两头，偷偷摸摸，披星戴月，挑着比他自己体重还重的"竹叶""杂货"，咬紧牙，在崎岖不平的山路上艰难地挪动……

　　我不知道什么时候看完了培忠的作品，也不知道看到动情处流了多少次眼泪。一整个晚上我都一直处于梦游状态，一会儿看见培忠身材矮小瘦弱的母亲，天未亮就起来煮糜、喂猪、饲鸡，到溪边洗衣服，回来后叫孩子们起床穿衣、食糜，送孩子上学，出工。长期忍受着饥饿，除了参加生产劳动，还承担着繁重的家务，整天像蚂蚁般不停地忙碌着、劳作着……一会儿我又看见培忠母亲把张培林担吊瓜到凤凰圩换来的树薯煮了一大鼎，培忠五兄弟姐妹，人人争先恐后，个个狼吞虎咽，津津有味地吃着没肉、没油的树薯片。培忠母亲在一旁看着五个儿女吃得满头大汗、兴奋、满足的样子，脸上露出苦涩的笑容。

第二天下午和晚上，我又一遍又一遍地阅读着、思考着……

二

中国是一个农耕大国，农民占了总人口的80%，农民是这个社会的主体。"无农不稳""手里有粮，心里不慌"是前人对农业、农民、粮食重要性最简单、最明了的概括和总结。有了粮食，人民才能安居，国家才能稳定；有了粮食，肚子不饿，个人才能"定定"（意即肚子吃饱了，心里不慌）。

千百年来，农民一直处于社会的最底层，受不到应有的重视，他们干着最繁重的体力劳动，忍受最艰苦的劳作，过着非人的生活。他们种田，却常常挨饿断顿；他们养蚕，却又常常衣衫褴褛，衣不蔽体。这是新中国诞生以前乃至几百年、几千年来中国农民的生活情状。

农耕民族有一个最大的特点，那就是封闭、保守。喜欢固守故土，固守一亩三分地，固守老婆孩子热炕头，喜欢过着自耕自足，与世无争的宁静生活。

然而，由于吃不饱，穿不暖，他们不能坐以待饿、受冻，他们"穷则思变"，于是就出现了"担溪头""走山内""上凤凰"的行当。而这个苦行当比在地里干农活，还要艰苦得多。

美国心理学家马斯洛在《人类激励理论》中，提出了一个著名的理论叫"需要层次理论"，提出人的需要为五种：生理需求、安全需求、社交需求、尊重需求、自我实现。

"生理上的需求是人们最原始、最基本的需要，如空气、水、吃饭、穿衣、性欲、住宅、医疗等，若不满足，则有生命危险。也就是说，这是人类最强烈的，最基本的需求，也是推动人们行动的强大动力。"

培忠的父亲和哥哥培林、姐姐佩真，正是在吃不饱这种"强大动力"的逼迫下才走上"担溪头""走山内""上凤凰"这条常人所不能忍受的艰辛路。

"一个雾蒙蒙的早晨，在去新塘上学的路上，张培林发现张介如载着一担吊瓜去'走凤凰'，张培林紧跑几步上前问了个大概……放学回到家里，张培林充满渴望地对父亲说：'介如哥去三饶担吊瓜到凤凰换树薯，我也能挑30斤吊瓜到凤凰换树薯。'"

试想一个十三四岁的孩子，如果肚子不饿，他能有这个念头吗？从三饶到凤凰圩，往返50多公里，有一半是上坡路，其中有十来公里是崎岖不平、又很陡峭的羊肠小道，其艰苦程度可想而知，没有吃不饱这个"强大动力"，又有谁愿意做这事呢？培忠的父辈们，就是"这么长年累月，风雨无阻地挑着、挑着，挑出了全家的饭碗，也挑出了儿女的学费"。

三饶内农民"担溪头、走山内、上凤凰"只是小范围、小规模的局部现象。但农民的拼温饱，求生存，在国内却是"环球同此凉热"。

历史上，全国各地农民都在为吃饱肚子而苦苦挣扎着、抗争着。被历史学家称为近代中国三次规模最大的人口迁徙的"闯关东、走西口、下南洋"，便是围绕着生存问题而引发产生的。从清朝到中华人民共和国成立前，时间前后持续300多年，外出觅食"闯关东、走西口、下南洋"的农民涉及省份近半个中国。据资料反映，仅山东一省，历史上闯关东人数多达2500万人。今天也许会有社会学家称赞闯关东、走西口、下南洋是利国、利民的壮举。事实也确实如此，由于闯关东、走西口，均匀了全国人口的分布；由于闯关东、走西口加速了东三省和内蒙古土地资源的开发利用；由于闯关东、走西口、下南洋既为本地区缓解了生存压力，也为所在地、所在国的经济发展做出了巨大的贡献。当然这种历史功绩是以牺牲广大农民的艰苦劳动甚至生命作为代价的。殊不知这是一部民族的苦难史，几十代农民的辛酸血泪史。有多少个家庭，多少对夫妻，多少个儿子，他们为了生存，为了谋生，不得不离乡背井，泪别父母妻儿，远走异地他乡，过着孤独艰辛的生活；又有多少农民客死他乡，让亲人永远悲痛。

这是中国几千年来农民的无奈！也是中国农民的悲哀！

三

2006年3月14日上午，时任国务院总理的温家宝在人民大会堂庄严宣布：从现在起彻底取消农业税。随着台下经久不息的掌声，在我国已经实行了2600多年的农业税这个古老的税种从此退出了历史舞台。广大农民无不欢呼雀跃、奔走相告，有的地方还燃放鞭炮，庆贺与他们生活息息相关的重大喜讯。

有关资料统计，从1949年至2000年的52年间，全国农民给国

家缴纳了7000亿公斤粮食。农业税一直是国家财政的重要来源和重要支柱,农民为社会主义建设做出了巨大的贡献。从2006年起免掉农业税后,全国农民每年减负超过1000亿元人民币,人均减负120元。这是实行工业反哺农业,城市支持农村,减轻广大农民负担一个历史性的重大进步,也是继十一届三中全会后农民的第二件特大喜事。

然而这两件特大喜事来得太慢太慢了,让中国的农民饿了几千年,等了几千年。远的不说,就从中国共产党成立之日起,这八十多年间,广大农民用一辆辆装满粮食的小推车"推出了"中国革命的胜利;新中国成立之初,广大农民又勒紧裤腰带为国家的社会主义经济建设做出了巨大的贡献。客观地说,前些年国家对"三农"(农业、农村、农民)的投入与付出是不成比例的,其关注程度也是远远不够的。

党的十一届三中全会后,彻底解决了历朝历代政府一直没有解决农民吃饱的问题,这是莫大的突破和进步。但时至今日,农民仅仅限于能够有饭吃,不饿肚子。但农民住房难,农民看病难,农民的孩子读书难等问题还有待于进一步完善和解决。

通观中国农民几千年的现状和未来,有两点必须引起重视和关注。

其一是农村的基层建设问题。农村的村民委员会,是农村最基层的行政组织,也是管理农民、农村、农业建设最前沿、最重要、最有力的基础组织。原国家主席江泽民同志曾一针见血地指出:"基础不牢,地动山摇。"然而我们的现状是,能读书、有本事的往城里跑,剩下有理想有干劲的青年不多,甚至几乎微乎其微。大多乡村只能矮子里面拔将军，不少乡村基层干部实际已经处于后继无人、后继乏人的境地。乡村干部班子不行，哪能带领村民谋发展干大事呢？

其二是加大对农业的投入。我国虽然是农业大国，但农业基础非常薄弱，抵御自然灾害能力非常低，不少地方还处于靠天吃饭的状态。农业的丰收有赖于基础设施如农田基本建设、水利排灌设施、种子、化肥、农药等保障，没有这些配套的保障，要想获得稳定的收成几乎是不可能的。但按国家目前对农业投入和现状看，还是远远不够的，特别是农田基本建设，由于分田到户，农民各自为政，部分强劳力已流入城市务工，剩下为数不多的部分农民大多老弱病残。水利设施等基础建设没有政府的统一规划、投入和组织参与，是不可能完成的。

以上问题是几千年来积贫积弱的农民之所以无法走出贫穷和发展的根本原因。

可喜的是，近几年来，党中央开始重视"三农"问题，不断加大对农业的投入。更让人高兴的是，根据乡村振兴计划，一大批大学生要下乡当村干部。这是一个历史性的重大进步和突破。期盼各级执政的精英们，能够像当年农民上缴公粮一样，源源不断地把支持"三农"的政策措施做实、做好。

四

《永远在路上》发表后引起了广大读者的共鸣，特别是20世

纪五六十年代出生的人们，更是赞不绝口。

为什么一篇记述20世纪六七十年代一个普通家庭艰辛过日子的文章能引起大家的热捧呢？

我想，大抵是因为类似的经历才有了强烈的共鸣。

培忠的家乡位于粤东北部山区的饶平县新塘镇，那里山多地少人口密集，祖祖辈辈都以单一的水稻种植方式在这块贫瘠的土地上觅食。改革开放以前，逢上风调雨顺，家人平安，家里劳力充足，辛勤节俭人家尚可勉强度日。即便如此，更多的人家一年的口粮也只能维持8～10月，那时候最大的问题是吃不饱，人们最大的愿望就是能够吃饱。饥饿是那个时代最强烈的集体记忆！

培忠生于斯时，长于斯地，几乎从懂事起到上中师止就经常吃不饱。父辈农作的艰辛，觅食的艰难，他从小就耳闻目睹感同身受。穷人的孩子早当家，为了减轻父母亲的负担，正在读初中、只有十五六岁的他，早已充当家里壮年男人干起了犁田耙田的重农活了。每逢暑假农忙，回家犁田耙田中间休息，牛被牵去补充草料，培忠在地头就会拿出随带在身的唐诗、宋词给自己充电。

培忠是不幸的，在他最须要扶持、呵护的时候，辛劳一生的父亲过早去世了；培忠又是有幸的，在他中师毕业后，便回到新塘镇乌洋村任教，尔后一路顺风顺水，先是到汕头读书，后又考到广州读书，由于成绩优异，毕业后被选调到广东省教育厅广东教育杂志社任记者、编辑；1996年调入省委机关任职。在党组织的培养下一步一步成长起来的张培忠位卑未敢忘忧国，他从来没有忘记生他养他的故乡和父老乡亲。

在当记者、编辑期间,他出版了《人比月光美》一书,讴歌一批奋斗在农村教书育人的优秀教师。从贫穷山区出来的他,深深懂得要改变农村落后面貌,必须提高人的文化素质;而要提高人的素质,就要办好教育,要办好教育首先要有一批甘于奉献的优秀教师。

调入省委机关工作后,培忠更是利用自己工作上的便利,深入农村、深入基层,认真调查研究如何加强基层班子建设和农村脱贫致富等问题,给省委写了很多加强农村基层建设有高度、有深度的建议,为农村改革做出了贡献。

著名已故作家雷铎曾给培忠《人比月光美》一书写序,称赞培忠懂得"惜福"且"勤勉""诚敬谦恭"。

在培忠的亲人朋友中,应该说我是最了解培忠的人之一,培忠一家都是"惜福""勤勉"且"诚敬恭谦"的读书人。妻子红丽儿时是我们家乡有名的才女,现任广东高教出版社总编辑;女儿张闻昕早在读小学四年级就写出了《细菌国王秘密日记》一书。大学二年级又创作出版了长篇小说《问青春》一书,成为全国年纪最小的优秀青年作家之一。培忠工作繁忙,日常公务缠身,读书、创作只能利用业余时间,平时除了公务几乎从不应酬,每年的节假日不少家庭都选择郊游或外出旅游,而培忠和红丽最奢侈、最放松的旅游就是偶尔上一下白云山。每天晚饭后就是读书、写作,几十年来几乎年年如此、月月如此、天天如此。他和红丽的收入,除了保证日常生活,便是买书。培忠多次指着一排排柜子的书,对我说:"我和红丽工作三十多年,两手空空,就剩下这3万多册书籍了。"

　　培忠家中挂着国学大师饶宗颐写的一幅墨宝"案上有书真富贵"。是啊，满屋书籍就是培忠一家的全部"富贵"。

　　正是他的"惜福"和"勤勉"，正是他的厚积薄发，培忠2008年12月出版的长篇纪实文学《文妖与先知——张竞生传》获第八届广东省鲁迅文学艺术奖，入围中国作协第五届鲁迅文学奖，拍成30集电视连续剧《铁血兄弟》在央视首播。2013年，出版的长篇纪实文学《海权战略——郑芝龙、郑成功海商集团纪事》获评广东省精神文明建设"五个一工程"作品奖，入选2013年度全国十部优秀报告文学之一，这些成绩的取得，没有"惜福""勤勉""诚敬谦恭"，没有牺牲平日节假日的休息时间，行吗？

　　人是社会一分子，家是社会一细胞。《永远在路上》写的是培忠自己的小家，反映的却是20世纪六七十年代我国南方农村、农民的生活状况，是那个时代一个民族、一个群体的"大家"。文如其人，文品如人品，培忠的作品获得如此好评，其感染力在于作者以小寓大、寓家于国的家国情怀，用心用情去体味农村的落后和农民的艰辛，用责任感、使命感去反映以往的历史，以唤起人们对农村、农民、农业的关注和重视，这是作品的灵魂，也是深受大家欢迎的原因所在，更是作者的初衷！

湛江回忆

谨以此文献给关心湛江、热爱湛江的人们

我的湛江情结

1969年年底,我响应祖国的号召,应征入伍。同年12月3日,我们饶平籍的800多名应征男儿,集中在饶平县戏院,统一穿上绿军装,坐上军用卡车,到惠阳县樟木头火车站,后改乘"闷罐车"(拉煤的火车),于12月6日中午到达湛江火车北站。下车后由新兵连的带兵干部领着我们从湛江北站徒步到调顺岛新兵连驻地。第二天在新兵连听指导员上课,才知道我们这个部队不搞军事训练,是来围垦鸭嘴港的生产部队。经一个星期的队列训练和政治教育后,我们便参加修建大水闸的挑石头劳动。

一个月后,我在新兵连"训练"完毕,被分配到364团二营四连六O迫击炮班。当时四连的主要任务是挖排水渠,到连队后我便天天参加挖水渠劳动。

幸运的是1970年2月22日,我被调到团后勤机关担任修补

工。那时候部队生活非常艰苦,劳动强度很大,部队因搞生产劳动,干部、战士衣服都不够穿,特别是营、连二级干部、战士的衣服非常破旧,为此团里给各营配备了一台缝纫机,一名修补工,给干部、战士缝补衣服。我接任后勤机关修补工后便开始给机关干部、战士缝补衣服。我悟性还好,缝补衣服又好又快,服务态度又好,受到机关干部战士的一致好评。补了四个多月衣服后,我便被调任军需仓库保管员。

团军需仓库共有六个,其中三个被服库,一个旧品仓库,一个马装具库,一个给养仓库。军需部门是专门负责部队吃、穿、用的一个生活保障部门,在计划经济年代,这是一个好部门,用现在的话叫"肥缺",让我担任军需仓库保管员,这在当时对于刚刚入伍的我可谓莫大荣耀和幸运,也让众战友羡慕。

在我接任军需仓库保管员一职时,军需仓库是个重要部门,41军后勤部每年都对全军24个团级以上单位军需仓库进行一次检查评比。364团是当年(1970年)全军最差的仓库,原军需仓库保管员和军需股长都受到了严厉批评。

我接任军需仓库保管员后,把六个仓库的物资重新进行分类,如原来部队干部、战士穿用的服装,全部用草席袋包装,每包五十套,衣服分特号、1号、2号、3号、4号、5号共六个号码,我改变了这种做法,将草席袋全部拆开,将每一套衣服叠好,按号码分别排列整齐,并在堆头插上标签卡片,让人一看就知道此堆垛有多少套衣服,各种型号衣服有多少套。同时我将衣服、鞋子等物品按整包物品高低从前往后摆放,这样从视觉上也顺眼很多。其他仓库物品,我也按此办法整理。我将六个军需仓

库,从品种排列到型号;从堆垛到物资分类、摆放;从标签到建立台账,从库容到仓库周围环境卫生等都进行了全面彻底的清理整理。我用了半年多时间,就将两栋仓库里里外外整理得焕然一新。1971年,全军军需仓库大检查,我团军需仓库获得全军第一名,受到各级领导的表扬。

当时六个军需仓库物资虽然很多,但却是静态的,经过这次彻彻底底的整理,只要稍做整理就不会乱了。因而,此后除了每年两次春、冬服装发放时会比较忙些,其余时间都很清闲。

那时候部队伙食标准低,各营、连队都养猪、种菜,有条件的还养鱼,我们后勤机关各业务股也都有自己的菜地。我调到后勤军需股后,利用空闲时间在后勤机关办公楼边上开垦三分土地,分别种上小白菜、空心菜等各种应节蔬菜,以后我坚持每天下午四点钟到五点半用一个半小时时间到菜地施肥、锄草、松土、摘菜,家属区的厕所水肥全部由我个人承包了。由于肥水充足,管理到位,空心菜每三天可摘一次,小白菜种植20天左右便可收获。我们军需股每月收青菜1000斤以上,最高时每月可产各种青菜1500斤。后勤供给排长逢人就说,后勤如果有三个黄耀池,青菜就可自给了。在我担任军需仓库保管员的两年多时间,后勤机关的财务、战勤、营房、军械、修理所、军马所等,没有一个部门产菜能超过我们军需股。

1971年年初的一天晚上,特务连派在后勤执勤值班的公务员周义钰,来到我的宿舍闲聊,他递给我一根香烟,两个人刚刚点燃了香烟吸了两口,军需股长林相大就进来了,林股长见我两人吸烟,把我们两人一顿臭骂,说:你两个新兵蛋,没本事,不会

赚钱,还敢抽烟,没事干看书学习去啊。林股长还说:你看军需股七八个干部,有谁抽烟?要我们俩人保证今后不再抽烟。我和周文钰诚惶诚恐向林股长保证,今后不会再抽烟了。后来经了解、观察,军需股八个干部,三个战士共十一人,在林相大担任股长期间,确实没人抽烟,是后勤机关唯一一个无烟股。当时,只有19岁的我,第一次认识到"近朱者赤,近墨者黑"的道理。

我出来当兵时,只有初中学历,在林相大股长的教育启迪下,我开始学习文化了,恰巧离我们后勤机关东面半山腰不到400米处是湛江市图书馆,那时候办理借书手续非常简单,写上单位姓名便可办理借书证。从此以后的两年多时间,我的业余时间、星期天、节假日,几乎全部在湛江图书馆度过。欧阳山的《三家巷》《苦斗》《柳暗花明》,秦牧的《土地》,浩然的《艳阳天》《金光大道》,金敬迈的《欧阳海之歌》等书无不借出来阅读,一些好的句子我还用笔记本抄下来。杜甫的《石壕吏》《茅屋为秋风所破歌》,当时我不知看了多少遍,抄了多少遍,我不仅读懂了原文,还了解了其历史背景和意义,至今我还能记住《石壕吏》原文。

经过两年多的文化学习和部队教育培养,我的文化水平有了很大的提高,视野也逐步开阔。特别是林相大股长、邱公明副处长、刘福添参谋、吴主良助理员等人,他们恪尽职守一丝不苟的工作作风,助人为乐甘于奉献的牺牲精神,热情、善良的高贵品质成了我一辈子学习、效仿的榜样,也影响了我的一生。

1973年12月30日,我被任命为团后勤机关供给排长,专职管理后勤机关伙食;1978年,我被任命为团后勤机关战勤参谋,参

加了对越自卫反击战，战后被提拔为军需股长；1981年6月，我被提为364团后勤处长，成为团党委委员、常委；1984年党中央提出全军撤军100万，我所在的122师被撤销；1985年10月，我被调往合流164师后勤部任职，期间又到武汉军区经济学院读书三年；1989年年底，我又从164师后勤部调任广州军区赤坎生产基地（新兵刚入伍时的地方）。在野战部队期间，随着个人职务晋升和部队换防，我先后驻防过调顺岛、雷州师范学院、三多塘、坪石、合流五个地方。因我一直在师、团后勤部门担任军需主官，部队每年一个月的三级司令部演习，每年一个月的实兵演习，都由我带着军用卡车四处筹措部队所需的粮、油、鱼、肉、菜和马草、马料。湛江市属下的十个区、县，特别是化州、高州、遂溪、廉江、海康、吴川等县、镇、村庄都留下了我的足迹。

1980年建军节那天，我的女儿在湛江市第一人民医院出生了。可以说，我这一辈子的好事、喜事、大事都是在湛江促成、完成的。

我在湛江前后度过了25年军旅生涯，湛江可谓是我的第二故乡，那里有我成长的足迹；有我一起生活、一起战斗过的战友；有我长期工作居住过的营房；有我熟悉的街道，乡村；有我美好的回忆。我对湛江的山、对湛江的海、对湛江的父老乡亲怀有深深的感情；对湛江的发展和未来，我更是深切地关注着。

湛江市位于广东省的南部，地处粤、桂、琼三省交会处，东临南海，西临北部湾，南隔琼州海峡与海南省相望。

秦始皇统一中国后，湛江归属象郡，唐贞观八年改为雷州，

清代又改为雷州府，1899年因清朝软弱无能，被法国"租借"了44年，当时名为"广州湾"。1943年广州湾被日本人占领，直至1945年抗日战争胜利后湛江才回到祖国怀抱。中华人民共和国成立后雷州府改为湛江专区；1983年，湛江专区建制撤销，将湛江分为湛江市、茂名市。

湛江市陆、海、空、港口、码头、铁路、机场、高速路、公路等交通特别发达，是我国大陆通往东南亚乃至欧洲、非洲和大洋洲航程最短的港口城市，也是通往海南省的唯一陆地通道。湛江市有1556公里海岸线，是我国海岸线最长的一个地级市，占广东省海岸线的46%。湛江市总面积1.32万平方公里，现常住人口736万，是粤西地区和北部湾城市群的经济中心，还是南海舰队司令部的所在地。有"广东老二"之美称，是广东省域副中心城市。

早在1960年2月2日，时任中共中央书记处书记、国务院副总理的邓小平在到湛江视察时，对湛江优越的地理优势、美丽的自然风光和湛江的城市建设、绿化、卫生等赞不绝口，称赞说"北有青岛，南有湛江"。

湛江，像一颗璀璨的明珠，熠熠生辉地镶嵌在美丽的粤西大

地上。

湛江市人少地广,物产丰富,人杰地灵,是全国首批14个沿海开放城市之一。改革开放之初,湛江市创造了几项全市、全省乃至全国响当当的本土品牌。

"服务社会,不分东西半球"!是20世纪80年代广东半球企业集团的一句贴心温馨、豪情万丈的广告语,20世纪60年代以前出生的湛江人、广东人,几乎无人不知、无人不晓,广东半球企业集团生产的"三角牌"电饭煲是家庭煮饭的首选炊具,它开启了中国人使用电饭煲的先河。

广东半球企业集团前身是湛江市五金制品厂,该厂原属湛江市二轻局下属集体企业,由六家小型手工业厂组成,共有职工400多人,主要生产的锄头、镰刀、捕鼠器、纽扣等农具、家杂,年产值不到100万元,职工常年发不出工资。

1972年5月,组织上把在"文化大革命"中被打成"走资派"的李秀森从湛江市人民银行党支部书记的职位上"解放"出来调入湛江五金制品厂担任"革委会主任"("文化大革命"的叫法,实际就是厂长)、党支部书记。李秀森上任后,针对工厂产品杂乱、产品档次低下、生产方式原始落后等状况,决定整合资源,起用能人,将企业转型升级,走技术含量高、产品附加值高的办厂路子。

当时,城市照明用电正处于将电灯泡改用日光灯管的产品升级换代的时代,日光灯支架成了一管难求的热销产品。李秀森瞄准了这一市场,马上成立了一个电器研究所,当时厂里有两个因历史问题而无人敢用的电器工程师欧阳文、王日武,李秀森力排

众议先启用电器专家王日武为所长，专门研究开发整流器。经几个月攻关，整流器做出来了，经技术部门鉴定，整流器质量优于国内同类产品，并通过省外经委投放香港市场。由于湛江市五金制品厂生产的整流器没噪音且质量上乘，日光灯支架设计美观新颖，价钱实惠。当年就销售了180万套。原来在香港行销的日本"长寿牌"日光灯支架厂商，因无法与湛江市五金制品厂生产的日光灯支架竞争，见无利可图，主动退出了香港市场，这是我国家用电器产品首次在香港市场挤走日本产品。

旗开得胜的李秀森欢欣鼓舞。香港益民电器公司张经理看到李秀森聪明能干守信用，其生产的日光灯支架产品受到香港广大市民的欢迎，主动拿了一个日本松下电器公司生产的"乐声牌"电饭煲问李秀森能不能生产？李秀森不假思索地回答说："能！日本人做得到的东西，我也能做到！"

李秀森从香港回来后，凭着企业家的闯劲和睿智，马上成立了第二个电器研究所并任命欧阳文为研究所所长，自己带头亲自参与攻关。电饭煲的核心技术是饭煮熟后能够自动断电。经几个月的实验测试，终于在1976年10月6日这一天研究成功了。

1981年，国家外经贸委组织全国家电产品评比，湛江市五金制品厂生产的电饭煲因外形不够美观，屈居第三名。雄心勃勃、豪情万丈的李秀森哪会满足于第三名，评比结束后，李秀森又组织技术人员攻关，经反复设计、比较、试制，一款技术过硬、外表美观的电饭煲诞生了！当时湛江市五金制品厂还没有自己的品牌名称，广东省二轻局看到湛江市五金制品厂生产的日光类支架和电饭煲，成了全国一流的家电产品，便将"三角牌"商标用行政许可的办法给湛江市五金制品厂使用。有了"三角牌"商标,湛江市五金制品厂生产的日光灯支架和电饭煲如虎添翼。

1983年,湛江生产的"三角牌"电饭煲、日光灯支架荣获全国家电产品评比一等奖,其时产品早已供不应求了。那时候公路状况很差,从甘肃省兰州市到湛江市3000多公里,往返一次需要7~8天。甘肃省兰州市二轻局为了买到"三角牌"电饭煲,给本市市民谋福利,专门派人开专车到湛江五金制品厂上门提货。

机会永远是留给有准备的人!正在这时候,时任中共中央总书记的胡耀邦发表了《以电代柴,造福子孙后代》的讲话,为贯彻落实胡耀邦同志的讲话精神,中央组织全国100个县在湖南省平江县召开一个小型用电节柴会议。嗅觉敏锐的李秀森感到这是

本文作者与李秀森合影

"天赐"良机,是推广农村使用电饭煲的一次绝好机会。于是他带了五位技术、供销人员,带了产品和宣传资料赶到湖南平江县。此次参会的有来自全国22家大型国营电器企业,唯有湛江市五金制品厂是集体企业,参加的企业都把产品统一放到展会上,100个县的与会人员在现场观摩、比较、对照、试用,最后级别最低、规模最小的湛江市五金制品厂生产的"三角牌"电饭煲以其技术质量过硬、外表设计美观新颖、品种型号齐全、价格低于全国同类产品(每个45元),获得参会100个县全体代表和国家轻工部领导的一致认可,参展获得圆满成功。

同时,为了建立自己的品牌,1987年,湛江市五金制品厂更名为广东半球实业集团公司。

从湖南平江回来后,在湛江市委、市外经贸委、市二轻局等各级领导部门的大力支持下,广东半球实业集团开始收购湛江市属下濒临倒闭的电器家电公司,迅速扩大生产。

广东半球实业集团由最初只有400多名职工,年产值不足100万元的亏损企业,经11年的努力拼搏,发展成为拥有32个分厂、职工12000多人,产品由原来单一的"三角牌"电饭煲、日光灯支架逐步发展为生产电炒炉、电磁炉、电风扇、电冰箱、空调等家用电器的现代化大型企业。"三角牌"电饭煲一枝独秀占据全国电饭煲市场50%的份额,享誉祖国大江南北,产品出口到泰国、越南、新加坡、印度尼西亚等所有东南亚国家,仅在美国,三年便销售电饭煲105万个。

早在1983年,当广东半球实业集团"三角牌"电饭煲荣获全国家电产品一等奖时,国家轻工部原部长曾单独接见李秀森,要

他下大决心，集中全力把广东半球实业集团打造成中国的"松下"。并告诉李秀森，有什么困难可到北京找他。从那个时候起，李秀森便暗暗使劲，起早摸黑筹措资金，钻研技术，扩大生产，加强营销，带领广东半球实业集团进入了高速发展期。

三角牌电饭煲

1988年"三角牌"电饭煲年产达480万个，企业年产值超过5亿元。广东半球实业集团的崛起，在全国形成家电生产基地——上海、广州、湛江三足鼎立的态势。

正当李秀森大展手脚、计划向更大目标迈进时，李秀森刚好到了退休年龄，1995年，时年60周岁的李秀森退休了。李秀森一走，广东半球企业集团便形消神散了。

湛江市的又一本土品牌是广东三星企业集团。

1974年，湛江市机械厂便开始生产"跃进130"3吨农用运输车；1984年，该运输车被列为国家"七五"计划定点生产农用车。尽管如此，受限于产能，该运输车在当时寥若晨星，后几经发展，产量迅速增长。1990年9月，更名为广东三星企业集团；1992年，广东三星企业集团开始生产一些轻型客车，并逐步形成

了轻型货车与轻型客车两大基本车型的汽车生产厂，年产量达3万台，成为当时全国数一数二的小车生产企业。

1993年，经国务院批准，广东三星企业集团开始以CKD的模式生产汽车（直接从外国进口零部件自己组装），这在当时全国是绝无仅有。其后生产出来的小车质量非常过硬，车型非常美观，甚至可媲美日本的大发、三菱、帕杰罗、日产途乐。

1991年3月，广东三星企业集团荣获全国首届工业技术进步成就荣誉奖；6月，被列入中国汽车行业前50名；8月，广东三星集团正式晋升为国家二级企业。当时全国300多家农用车制造企业中，广东三星企业集团是唯一一家国家二级企业的厂家。

从1988年至1998年的十年中，广东三星企业集团从生产轻型农用货车的小企业发展至拥有两个制造公司，十五个分厂，八个分公司，四个办事处，8000多名职工，集科研、生产、经营于一体的现代汽车生产集团企业。至1998年上半年，产品达三大系列86个品种，总资产过53.3亿元。

10年间，广东三星企业集团先后向国家上缴利税16.8亿元，当时全国没有几家汽车企业能做出如此巨大的贡献。早在1990年，广东三星企业集团成立之初，广东原省委书记林若就为广东三星企业集团题词"粤西骏马"，而到了1998年广东三星企业集团已经不只是"粤西骏马"，而是广东骏马、中国骏马了！

遗憾的是正当广东三星企业集团"风头正劲"疾蹄奋跑之时，据说因受民间集资案和"9898"湛江走私案影响，便轰然倒下（到现在也没有一个准确的说法）。广东三星企业集团犹如一名刚刚登台高歌的大歌星戛然而止，突然陨落了。

湛江还有许多响当当的本土品牌，如吴川梅鹿液、华威威化饼、醒宝牌香烟、得乐啤酒、廉江红江橙等。吴川酒厂的梅鹿液被誉为"广东茅台酒"；华威威化饼被称为"威化饼王国"，曾荣获三项"中华之最"的荣誉称号；醒宝牌香烟被誉为"中国的万宝路"；廉江红江橙被誉为中国第一橙。令人遗憾的是，这些深受广大市民喜爱的产品都各领风骚三五年后，便一个个消失了。

凡是知道广东半球实业集团"三角牌"电饭煲、广东三星企业集团的三星汽车、华威威化饼厂、吴川梅鹿液酒厂、醒宝牌香烟、廉江红江橙等品牌的外地人、知情人，特别是湛江人，无不为这些本土品牌的衰落而扼腕叹息！

上述品牌都曾经是湛江市响当当的本土品牌，这些品牌在当时不仅是广东乃至全国也都是屈指可数、独一无二的。这些品牌的创立彰显了湛江人民的聪明才智和创新精神。

广东半球企业集团生产的"三角牌"电饭煲和广东三星企业集团公司生产的"三星牌"小车犹如湛江的两个新科状元，给湛江带来美名和荣耀，也给湛江带来巨大的经济效益。还有像麻章中药材市场、华威威化饼、吴川县的梅鹿液酒、得乐啤酒、醒宝

香烟、廉江红江橙等等,它们就像商品王国里耀眼的明星,闪烁在湛江上空,为湛江添光显彩!

那时候,哪家企业拥有一台"三星牌"小车,其领导走到哪里都觉得很风光;那时候,哪个家庭用上"三角牌"电饭煲,就觉得很有面子;那时候,哪个家庭有一人在上述厂家上班,那是让人很羡慕的事。

遗憾的是不曾几时,"三角坍塌""骏马失蹄""梅鹿凋零""威饼不威""红橙不红""得乐不乐""醒宝不醒""药市被关",这些知名品牌一个个令人遗憾地英年早逝或沉疴不起。

湛江有全国独一无二的地理优势,湛江有全国一流的交通便利,早在20世纪70年代就已经港口、码头、机场、铁路一应俱全了。湛江有全国各地所不具备的农、林、牧、渔、果等各种产业,其物产丰富,种类齐全。前人说,"无农不稳,无工不富,无商不活",感恩天地造化,湛江这三条都具备了,在全国都很难找出像湛江这样区位优势的地级市。

让人不解的是,2020年3月15日,国家统计局公布的中国城市GDP排行榜,2019年湛江市GDP排名第85位。2019年9月15日,公布的全国百强城市,湛江市排名第99位,仅排在河南周口市的前面,也就是说到了2019年湛江市GDP仍然还在全国的平均水平之下。一手好牌,被打个稀巴烂,不禁让人唏嘘,让人惋惜!

从几何学角度看,"三角形结构"最稳固,从军事学角度看"三角形"部署最安全,为什么自然界这一定律到了湛江就不灵

验了呢？

广东湛江半球实业集团生产的"三角牌"电饭煲，三星汽车企业集团生产的"三星牌"小车，霞山华威威化饼，吴川梅鹿液酒，麻章药材批发市场，廉江红江橙，赤坎醒宝香烟等本土品牌，能不能做到最大最强？能不能做到现在？大可另说，大可讨论。但在当时这些企业和产品在湛江市、在广东省及至在全国都已大有名气了，其时麻章药材批发市场生意火爆得连人都挤不进去，各厂家产品供不应求，大多数产品都由主管部门统一分配，靠领导批条，靠汇款到生产厂家后再排队提货。

试问：一个个明星企业先后倒下，一款款深受大家喜爱的名优产品丢失的背后，是职能部门渎职失误，是体制缺失不完善，还是企业家们眼光短浅、格局不够？抑或三者兼而有之？

据2015年美国《财富》杂志报道：美国小企业平均寿命7年，大企业平均寿命40年；我国私企平均寿命2.5年，国有企业7~8年；美国每年倒闭10万家企业，中国每年倒闭100万家企业。

难道中国的企业就是这个宿命吗？

改革开放初期，我国的市场经济相对不成熟，企业处于一个独特的中国式商业环境中，其时商业秩序混乱，几乎所有的企业都在无序中"摸着石头过河"，国家的法制、体制、模式、制度、规定等无不在不断改革、转型、摸索和完善之中。

企业家是市场经济发展中至关重要的领头人，是当地民众的衣食父母，但企业家不是完人。在创业的过程中更是荆棘载途，风雨如晦，其间出现这样、那样的问题是很正常的。如果社会多一点宽容理解，政府多一点支持呵护，当企业碰到困难的时候帮

其解套子、搭梯子；在资金困难时银行借给一点票子，帮助渡过难关。这样企业就能够继续发展走下去。遗憾的是，早期的个别地方政府官员由于官本位作怪，有的权欲太高、私心太重；有的眼光短浅、胸怀狭窄；更有的越俎代庖、盲目决策，经常对企业和企业家做出不恰当的错误干扰或处置，给企业和企业家造成致命的伤害。

这些年来，湛江市办了不少企业，生产了很多产品，但精品不多，名牌更少，其间还搞过一阵子"二水一牧"，由于浅尝辄止不了了之，这难道不应该引起职能部门和企业家们的深思和反省吗？

中国的企业，有国营、集体、私营三种企业性质之分。但从长远看，从高处看，企业家是不分国营、集体、私营的。企业家所创造的财富也不是国家、集体、个人的，企业家创造的财富是属于人民大众的，是属于全社会的！

从这个角度看，企业家，不管是国营、集体、私营，他们都姓社，都姓公。

一个城市、一个民族乃至一个国家的经济实力取决于工业、商业和农业的发展，企业好、产品优良，商业旺，当地就富足。广东的珠三角就是例子；美、日、英、德、法等工业、商业、农业科学技术发达的国家，同样也是如此。

改革开放四十年来，湛江市发生了翻天覆地的变化，成片的高楼大厦鳞次栉比，笔直的马路宽阔平坦；市政广场、体育设施气派恢宏。这当然是大好事，但它只是湛江市的一张名片，它不能强市富民，唯有发展农业、工业、商业，才能真正解决市民就业，稳定民生，创造社会财富。

湛江回忆

湛江有得天独厚的区位优势,又有原来很好的农业、工业、商业基础,特别是现在的政府更加亲民、更加务实,法制更加健全、完善,营商环境也比任何时候都好了。湛江的后发优势仍然突显。

祝愿年轻的湛江梅开二度,政、商合力,再创湛江经济建设新辉煌!

我们期待着!

2020年8月14日

围垦鸭嫲港

追忆激情燃烧的年代

鸭嫲港位于湛江市赤坎区金沙湾与调顺岛之间,原是一条南北长约5公里、东西宽约3公里的长条形小海峡,在没有围海造田以前,这里绿水蓝天,自然风景非常独特美丽。成片的红树生长在小海峡两边的滩涂上,成群的鸟类在红树林里繁衍生息,各种鱼虾、贝类、螃蟹在滩涂的水中、沃泥里游弋爬行,是调顺岛和赤坎区居民用之不尽、取之不竭的天然鱼仓。

1965年,因国防建设和湛江港区扩建的需要,南海舰队和湛江市联手修建了湛江市赤坎区调顺岛北端遂溪县黄略镇许屋村盐田岭的"团结大堤"(该堤全长2300米,堤面宽12米,公路7米,单轨铁路5米),大堤建成后北面的海峡被截断,鸭嫲港只

剩下南面出海口通往广州湾。

1969年，全国上下贯彻落实毛主席的"五七"指示，广州军区决定在湛江市赤坎区沙湾与调顺岛最南端处修建一条大堤，把鸭嫲港变成种植水稻的良田，并命令我122师（缺366团）担负这一重任。

说起围海造田，我364团可谓是"专业户"，既有经历，又有经验，最有资格。早在1962年9月份，364团就在汕头牛田洋开始围海造田了，这一干就是6个春秋，创造出了不亚于当年南泥湾的成绩。也许是广州军区乃至中央军委看到了围海造田取得的巨大成果，也许是中央军委和广州军区首长看到364团既能打胜仗又能搞生产的原因吧，中央军委、广州军区决定将122师与55军对调换防，1968年11月28日，122师364团进驻湛江市鸭嫲港，继续围海造田的新征程。

根据围垦鸭嫲港的具体情况，122师（缺366团）的部署是：364团一营从东面往西面筑堤，三营从西面往东西筑堤，二营配属师炮团在合流东坡岭打石头，分别送给两个步兵营填海建堤。

1969年12月3日，我穿上了让当时青年人为之羡慕的绿军装，被分配到364团，来到了调顺岛，在新兵连里经过一周的简单动员教育后，便加入了围海造田的行列。

据原364团李湘滨团长、原广州军区政研室副师职干部葛延寿等介绍，我364团围垦鸭嫲港是从1969年3月份开始的。当时整个鸭嫲港水面近4万~5万亩，鸭嫲港中间深水河床最深处达17米，涨大潮时水位落差高达5米，给围垦带来极大困难和险情。

围垦鸭嫲港能否成功，关键在于修建"军民堤"；修建"军

民堤"的难点在于大堤合龙。为此师、团专门成立了围垦指挥部,组织指挥部队围堤施工。

围堤开始时,师里从湛江、茂名、阳春铜矿厂等调来四台大型挖土机,30台15吨自卸车,从赤坎区百姓村和沙湾红砖厂后山取土运往填堤筑坝,炮兵团和二营分别从东坡岭打、运石头给两个步兵营筑堤。一营从西往东修,三营从东往西修,最后在中间合龙,刚开始时两个营围堵大堤的工作进展还算顺利。

就在这个时候,意外情况发生了,阳江市发生4.4级地震,地震波及鸭姆港,造成堤坝严重下沉。当时部队都在大堤上扛石头、背沙包往缺口填堤,宋瑞副团长发觉脚下堤坝有下沉的感觉,马上命令部队停止施工撤出危险堤段。当部队刚刚撤出,近百米的大堤一下子沉到海里了。幸亏宋瑞副团长发现及时,处置迅速果断,不然后果不堪设想。紧接着又来了一场九级台风,海面上翻起四五米高的巨浪。鸭姆港上游的赤坎河、双港河两条内陆河洪水大涨,一起倾泻入鸭姆港。把两个步兵营好不容易围起来的大堤冲垮了270多米。从东坡岭、沙湾砖厂后山拉来的十几万立方石头、土方、沙包被大水冲得无影无踪。

自然灾害对我们的捉弄,围堤的干部、战士们见怪不怪。早在1962年9月,我364团干部、战士在围垦牛田洋时已多次领教过了。

台风过后,在师、团指挥部的组织下,部队继续围堤筑坝。随着时间的推移,围堤不断向前延伸,两个步兵营越往中间填堵,水流冲刷力越大,筑堤难度也越来越大,进展速度也越来越慢。因鸭姆港有近5万亩的海面,海水涨潮、退潮时,产生的冲

刷力非常大,两个步兵营好不容易刚修好的几十米大堤常常被潮水冲刷一光。但围堤部队的干部、战士不气馁、不退却,冲了又填,当大堤修到近50米快要合龙时,海水冲刷力更大。仅靠石头、填土、沙包已经无济于事了。针对海水落差大、冲刷力更强这一特点,师、团指挥部首长决定用三条各100吨的水泥船,在船上装满石头,然后拖到合龙处沉入合龙口,谁知一退潮,鸭㴖港内一千多万立方米的海水往外倾泻,把三条水泥船打出了外海。第二次围拢又失败了。

师、团指挥部首长们经反复研究,认为水泥船重量还是不够,决定采用焊制大钢笼装石头投放合龙口。在湛江港务局的支援下,用钢轨焊制了8个7米长、3米宽、3米高的钢筋笼,在钢筋笼里装满石头。精心制作的钢筋笼,每个重达120吨,然后用吊机把钢筋笼吊放合龙口处,终因海水落差太大,冲刷力太强而将钢筋笼外移。大堤仍然没办法合龙。

围垦大堤连续三次受挫,把于增令师长等师、团领导急得团团转,这一次于增令、陈树林、张国才、王本年、宋瑞等师、团领导才真正领略到了"欺山莫欺水"这条千年古训。师、团指挥部再次召开"诸葛亮会议",大家出谋献策,说用水泥船不行,用钢笼子还不行,说明围堵合龙口的沙石重量不够,体积也还是不够大。最后大家提议用沉船加钢筋笼的办法试试。

在湛江市政府的配合下,部队从地方征用了一条报废的300吨废旧钢壳船,船内装满石头,在多艘牵引船的牵引下,将废钢船拖至合拢口,将船用大钢绳两边抛锚固定。同时利用平潮期,将船沉到合龙口,周边又放上八个钢筋笼增加稳定性,然后又让

合龙大决战

连队干部、战士扛着石头、沙包跑步，突击往里填堵，经过几种举措并举的方法，终于将大堤合龙了。当大堤合龙时，于增令、陈树林等师、团领导和一、三营参加大堤围拢的干部、战士，激动地抱在一起，相拥而泣。于师长高兴得像小孩一样，领着师、团指挥部的领导在合龙口上来回走了好几趟。

为了保证大堤顺利合龙，确保部队干部、战士安全，于师长带领师、团指挥部的领导日夜守候在大堤上，由于劳累、紧张、没有休息，大堤合龙前一段时间，于增令等师、团领导急得两眼充血，于师长也因此落下了致命的病根。

为了修建"军民堤"，我364团和365团、炮兵团在师首长、师机关干部的组织指挥下，和国家机关4个干部连人员、湛江市政府机关人员、湛江市一中全体师生、湛江港务局人员等一起，从1969年3月份起至11月份大堤合龙止，历时奋战9个月，部队将赤坎区百姓村、沙湾砖厂后面几个山头都搬平了,炮兵团将东坡岭、湖光岩几公里内的表面石头全部都搬空了,可见修筑这2000米长的军民大堤,是多么艰难困苦和充满险情。

据时任364团副参谋长的李湘滨回忆,参加围垦大堤的干部、战士个个晒得像个黑包公。最后合龙阶段时,指挥部的师、团领导和连队的干部、战士都因饥饿、紧张、劳累脱了形。连队一日三餐送饭到大堤,每天三班倒,日夜不停,渴了喝碗凉开水,困了就倒在已

大堤合龙的关键时刻:用人墙堵住决口

修好的大堤斜坡上躺一会,从师长到士兵人人一样。

由于师、团领导亲自带头,身先士卒,指挥靠前,组织严密,围垦军民堤这么大型、艰苦、危险的大堤合龙工程竟没有一个干部、战士伤亡,创造了工程量巨大、高风险作业的零伤亡奇迹!364团英勇善战、安全无事故的事迹受到了41军、广州军区、总参谋部的表彰,也让湛江市民敬仰、传颂。

我们新兵入伍时,大堤刚刚合龙,命名为"军民大堤"。堤长2000米,高6.3米,堤面宽6米,大堤两面全部用大石片嵌砌,堤面可并行两台汽车。后续大堤东面修建的大水闸,共有10个排

洪孔，每孔宽3.5米。

大堤合龙，只是围垦鸭嫲港取得胜利的第一步，更艰苦的任务还在后面。如果说围堵大堤是"百米冲刺"，那么修内堤、挖水渠、平整土地种植水稻则是万米"马拉松"慢跑了。

刚围垦出来的鸭嫲港海滩高低不平，坑坑洼洼，最深的烂泥滩齐腰深，要围成一垄垄平整可种植的稻田地，并非易事。团里将平整土地的任务分配到各营，营里又将任务分配到连、排。当时步兵连每个连队分得土地400~600亩，机枪连、炮兵连分土地350~400亩。连队除了炊事班，连部除勤杂人员、值班放哨、出公差等之外，实际参加劳动人员不到100人。人均种地3~5亩。那时候连队没有机械，没有耕牛，修内堤、平整土地、修沟渠、插秧、施肥、锄草、田间管理、抗旱、排涝、收割水稻等全部农活全靠连队干部、战士人工劳作，劳动时间超长、强度非常大。

用现在的流行语叫"5+2,白加黑"。每天干10多个小时,几乎没有星期天、节假日,各营连谁落后谁没完成生产任务,便自己加班加点,甚至搞大会战。至今我都不理解那时候的干部、战士思想觉悟为什么那么高,大家默默劳作,咬牙干活,从不叫苦叫累,也从未听到有谁发牢骚、抱怨。天天顶着烈日,风里来雨里去地在地里干活。干部、战士个个晒得像非洲人,要不是有"三点红"(领章、帽徽)挂在头上,有谁知道在地里干活的是中国人民解放军?那时候的干部、战士几乎都来自农村,相比更能吃苦耐劳。不少干部、战士都经历过围垦牛田洋,干起活来更有办法。平整土地,对刚刚围垦起来的海滩烂泥是件难事,战士们找来木桩、稻草,凡是坡度大,烂泥深的地方就打上木桩,放上稻草、筑田埂。用这种方法修筑田埂又好又快,还不会坍塌。

　　平整土地的难题解决后,还有一大任务是修内堤、挖水渠。鸭姆港本身就有5000亩左右的水面,加上上游有两条内陆河:赤坎河和双港河。一场大雨下来,整个鸭姆港便一片汪洋,所有稻田地都被淹没。要解决这个问题,必须环绕鸭姆港内修一条内堤再配上一条排水渠。同样,团里把这个任务分配给各营、连、排。

　　那时候部队的思想政治工作做得非常到位,团里的小广播拉到地里,毛主席语录横幅插满每一个角落,连队黑板报,各营、连会战、评比、劳动竞赛活动等宣传鼓动工作几乎天天都有,部队情绪高涨。

　　修内堤虽然没有险情,但难度非常大,因都是海泥,好不容易修好了一大段,有时一场大雨,内堤就坍塌了;有时候白天修

得好好的，晚上又倒塌了。好在大家都经历过围垦军民堤，干部、战士们都已经习以为常了。反正修了塌，塌了又修，我们硬是用人海战术，用百折不挠的精神，不到四个月，一条长28公里、高4米、堤面宽3米的内河堤加上配套水渠就修成了。内堤和排水渠修成后，既挡住了海水淹灌稻田的后患，又成了部队进入鸭嫲港劳动的道路。

那时候，干部、战士每年只发两套夏装（军装）、一条内裤、两件衬衣、两条裤衩、两双解放鞋、一顶帽子。因部队整天在鸭嫲港劳动费衣费裤，干部、战士们的衣服都不够穿，不少干部、战士还不到发放军装时间，衣服早就已破烂了。为此，团里给每个营、司政后机关配发一台缝纫机，一个修补工，专门给干部、战士补衣服。干部、战士发服装时，必须以旧换新。团里把旧衣服收回来后，组织部队随军家属，把旧衣服好的部分撕下来，捆成一小捆一小捆，然后再分发给各营作修补材料（本人曾在后勤机关当了四个月的修补工，专门给后勤机关干部、战士缝补衣服）。一个步兵营近600人，靠一个修补工怎么都补不过来。偶尔休息日，干部、战士成群结队到调顺岛、上赤坎街补军装。20世纪70年代赤坎区街上和调顺岛修补衣服生意火旺，师傅们都忙不过来。因值勤无法上街的干部、战士就找战友带上旧衣服交给修补衣服的师傅，三两天后再去取回来。

现在大街上不少帅哥美女身上以穿有洞或带补丁的衣服为时髦，他们现在这种时髦在20世纪的五六十年代我们早就时髦过了。只可惜他们生不逢时啊！

刚用海滩围起来的稻田地，烂泥齐腰深。不少干部、战士为

了节省衣裤，就光着身子下地耙田、整地、插秧。因稻田地都是盐碱地，干部、战士们长期泡在泥水里劳作，有一半多以上干部、战士都"烂裆"（下身溃烂）。那时候我已调到后勤机关担任军需仓库员，经常下连队"收旧品"（当时国家穷，干部、战士穿破的衣服、鞋子都要回收上交国家）。我亲眼见到一炮连几个"烂裆"的战士在连队自己挖的水井边冲洗被浓血染红的"裤衩"。那时候的干部、战士不知道是"打铁的"还是"铁打的"，几乎不生病，就是病了休息一两天，吃碗炊事班自己擀的面条就好了。像"烂裆"这样的事，泡泡高锰酸钾水或敷敷"红药水"也就好了，不影响下地干活。那时候营、连卫生所用得最多、供不应求的是高锰酸钾，我曾多次"走后门"从团卫生队要高锰酸钾送给一营、二营几位老乡。

那是一个激情燃烧的年代，那个时代的青年人都积极向上，追求上进；那个时代的人们思想单纯，人际关系简单，没有私心，特别能吃苦，只讲奉献，不求索取。20世纪，我国一些大型国防科研项目及基础设施、水利设施，如宝成铁路、黔贵铁路、兰新铁路、刘家峡、青铜峡、三门峡水库、大庆油田、河南的红旗渠、包括"二弹一星"等等，都是在那个时代修建的。

1970年年初，我从新兵连分配到二营四连六〇炮班。四连的任务是修水渠，每班每天修一段10米长、2.5米高、2.2米宽的水渠。干一天活下来，人人都成了泥猴子，累得一坐下来后就没力气站起来。

我是一个农村生、农村长的孩子，但从未干过如此繁重的体力活，一天下来两个肩膀全都红肿了，脚底打满了泡。但青年人

不肯认输的血性,使我不肯吭声,而是咬紧牙关坚持下去。当然,我的战友们又何尝不是如此呢!在新兵连和四连劳动四个月,是我今生最艰苦、劳动强度最大的一次体力劳动。

大水闸和10号地连在一起,工地上插满彩旗和横幅。"一不怕苦,二不怕死""革命加拼命"的口号声响彻工地上空。工地的广播站,一天到晚都播送各兄弟连、班组搞劳动竞赛的倡议书,表扬好人好事,毛主席的语录歌从天亮唱到天黑。我也经常在劳动休息间写一些表扬连里好人好事的小稿件到广播站广播。

1970年春节,师里号召要过一个革命化春节,大年初一那天,全师干部、战士集中在1、2号地(后来才知道,当时师首长有意把全师集中在1、2号地劳动,目的是为了把声势造大)。挖沟、修渠、平整土地。早上5点多钟,我们从调顺岛驻地出发步行到1号地时,天刚放亮。工地上到处彩旗飘扬,人声沸腾。由于有师首长、师三大机关领导和随军家属参加,各团、营、连之间为了给师首长、师机关留下好印象,大家情绪高涨,打起十二分精神准备好好表现。师政治部的"思想家"们也很"坑人",不时在工地广播站上一会表扬364团,一会又表扬365团;一会表扬这个营,一会又表扬那个连。搞得各团、营、连的干部、战士人人不甘落后,个个想争第一,大家互相较着劲,像"疯子"一样比赛着干活。有的战士担子都挑不动了,还叫机关干部往筐里加土(师、团机关干部、家属给我们铲土,我们当兵的一律挑土)。人的能量是无可估量的,积极性一旦被调动起来,就像被打了鸡血一样。在师首长、师机关的表彰鼓动下,全师近8000人从早到晚都在玩命地干活,有的连、排干部为了比速度、比干劲

竟挑着土跑起来,那种近乎疯狂的劳动场面可惜当时没有录像机,如果当时能够录下来,放给现在的网民看,我想一定会让网民们目瞪口呆、摇头咂舌。

1971年冬,老兵退伍时,二营五个连队的老兵退伍优待金由后勤处财务助理员吴主良负责分发,他带上我作为助手一起同行。早上,吴主良和我两人骑一辆单车从赤坎区雷州师范学校出发,当到调顺岛二营下属连队时,还不到上午十点钟,一个营五个连队的老兵一共有150多人,只要集中在一起,不用两小时就可分发完毕。当我们到达二营下属各连队时,均找不到老兵们签名领钱,原来老兵们有的到调顺岛村给老百姓挑水、打扫房子、扫马路了;有的在给连队冲洗厕所、浇菜、开荒、冲洗猪圈,这用当时流行的话叫"留忠"(给老百姓、部队做最后一件好事)。从老兵退伍命令宣布之日起,老兵们就自发到附近村庄给老百姓做这些好事了。没办法,吴助理只好让营部通信兵通知各连的司务长到营部开会,告诉他们下午按顺序在各连队办理老兵退伍优待金领取手续,务必让每一位退伍老兵准时在各连队等候我们。

一营、三营、团直机关发放老兵退伍优待金也都碰到同样的情况。

除了"留忠",退伍优待金发放过程中还出现了很多感人事迹。五连退伍战士倪锦松,揭阳新圩人,1968年春入伍。别看其个子不大,其貌不扬,却有一颗大公无私、金子般的心。服役期间倪锦松表现突出,虽未提干,但退伍前地方按择优录取的原则,已内定安排倪锦松同志到广州油库工作。退伍时,部队考虑他患有慢性胃炎，批准发放医疗补助费30元（那时候连、排干部每月工资只有55元，30元比现在3000元还管用）。倪锦松认为组织已给他安排工作了，不应再增加国家负担，表示不应领取该项补助。我们苦口婆心跟他说这是组织对他的关心，希望他接受组织的决定。但他坚决不签字不领钱，说组织已经给他安排工作了，不该再享受特殊补助。这种关心国家胜过自己的精神，实在很感人！

老兵退伍回家时，是按省份，分地区、分批次送走的。当天是湖南新化、常德籍1966年入伍的老兵回家，我入伍后被分配在四连，对四连老兵比较熟悉，也有感情。我告诉吴主良助理，我想留下来送走老兵后才回雷师。当晚，四连给七八位湖南籍老兵加了菜，这几个老兵要回家了，舍不得脱下这身绿军装和朝夕相处的战友，心里非常难受，饭也吃不下，全连干部、战士都很伤心。当团后勤运输队派马车来接送他们到湛江北站上火车时，老兵们抱成一团，哭成一片，谁都不愿离去，最后由连长林愈乔、指导员夏世俊出面做工作，大家一起把湖南老兵抬上马车才把他们送走。

那时候人的思想觉悟很高，感情很朴素，像上述事例，也许今天的人们不太理解，也不会相信。

1972年初夏的一天，部队像往常一样在鸭乸港劳动，中午还晴朗的天，到下午突然天昏地暗，眼看就要下雨了，一起在地里干活的连队纷纷跑回营房避雨，唯有75炮连仍继续在地里修水渠，原因是剩下的活不多，该连蔡连长心想现在回去，明天又得派人来一趟，况且7号地离75炮连营房有4公里多距离，就是回

去，半路也会被大雨淋湿，所以蔡连长决定干完活后再回去。

苏石松，1971年入伍，河北省邯郸籍农村人，1.8米高的个子，一头浓密的黑发，长方脸，浓眉毛，大眼睛，一口白牙，一个典型的北方美男子，用现在的流行语叫"大帅哥"。苏石松入伍后分配到75炮连，表现非常积极，对班里工作不管什么活都抢着干。是连队发展入党的1971年兵中的第一个培养对象。修好水渠回来时他走在连队的最后面。这时又是下雨又是打雷，本来7号地的内堤就很高，苏石松个头又高，肩上再扛一把铁铲低头往回跑，便成了引雷针。突然一个响雷打下来，把苏石松打昏在地。当连队把苏石松送到196医院时，苏石松早已停止了呼吸。

当时团后勤处驻地在雷州师范学校，我担任军需仓库保管员，胡润明助理员要我拿一整套新军装送到196医院交给干部股干事沈永慧，团里又拍电报通知苏石松父母火速来部队看儿子最后一眼。

处理完苏石松后事，连队干部和政治处沈干事等悬着一颗心，担心苏石松父母会闹事或提出不合理要求，便一起找苏石松父母征求他们有什么要求。谁知苏石松父母一没埋怨连队没有保护好他儿子，二没问部队给其家里多少抚恤金，三不提苏石松因公殉职能否给评烈士，而是向组织提出，苏石松有一个正值当兵年龄的妹妹叫苏石花，能否让她来部队接过他哥哥的钢枪，继续为部队、为祖国站岗放哨。大家听后特别感动，也松了一口气，没想到苏石松父母亲这么明白事理，思想觉悟这么高。后经请示上级批准，苏石花被特招入伍。

而我只在连队待了一个多月，1970年2月22日，我便调往团

后勤机关担任修补工、军需仓库保管员了。

鸭嶼港围垦成功后,经测算总面积达2万亩,其中东北面土地4000亩,编成7、8、9、10号地,由364团负责平整、种植。西南面土地6000亩,编成1、2、3、4、5、6号地,由365团平整、种植;鸭嶼港中间的深水河床占地5000亩,因为河床水太深又有泄洪的功能,不能种植,只能养鱼、泄洪;另外道路、绿化、水沟等占地5000亩。

此后各团、营、连之间的"大会战""劳动竞赛"几乎成了常态化。湛江市第一中学全体学生也和我们一起参加三个月大会战。那时候处于"文化大革命"中后期,国家机关的工作尚未走上正轨。原国家七机部(主管洲际导弹、航天航空)大部分青年干部下放到我们364团,被编成四个干部连参加围垦鸭嶼港劳动。当时师里把366团九连连长钟清江调到364团任干部一连连长兼任政治指导员,原国家副主席曾庆红当年就在干部一连当兵,也和我们一起在工地劳动。

每个人都有怀旧情结,2016年3月15日,已经从领导岗位退下来的曾庆红副主席携其爱人专程从北京回鸭嶼港看看自己46年前曾经工作、生活过的地方。

那时候部队整地插秧既没有机械,也没有耕牛,每班配两张犁(或耙),5人一组,配一张犁(或耙);一人扶犁(耙),四人拉犁(耙)。劳动强度特别大,当时国民经济还比较困难,陆军伙食标准低,一类灶士兵每天1.5斤大米,0.43元伙食费。战士们油水少,饭量大,绝大多数连队粮食都超支。由于75炮笨重,必须由大个子士兵才能扛得动。新兵入伍分配时,凡长得个

头高大的士兵都被挑送去75炮连。士兵个头大，饭量当然也大。所以，75炮连粮食超支比较严重，经常受到团里点名批评，说他们不会管理伙食，浪费粮食。连长蔡钟发、司务长龚质贤很不服气，感到很委屈，多次找后勤机关反映说：不是他们没管好，而是士兵个头比其他连队的大，饭量大而造成的。

为了检验真假，还75炮连"管理差"一个清白，团后勤机关专门派军需股长刘福添、粮秣助理侯福昌到该连实地调查。时值夏收，连队在鸭姆港7号地割稻子，刘福添股长亲自清点人数，称米下锅，送饭的肉菜按往常标准搭配。检测结果为当天中午75炮连战士人均吃粮1.75斤。经此一验证，此后团里再也没有点名批评75炮连超支粮食的事了。

二营机枪连也是粮食经常超支的连队，为了让战士吃饱，连长胡国太叫司务长何湖田把连队自己养的十几只鹅拿到调顺岛集市卖掉换地瓜、芋头来补充连队粮食不足。此事被团政治处知道后，上报了团党委，团首长在全团干部会上点名批评胡国太连长、何湖田司务长，说二营机枪连连长胡国太走资本主义道路，要处分胡国太。后经后勤处邱公明副处长出面向团首长说情，说胡国太的做法是错误的，但出发点是好的，他是为了连队，为了战士，不是为他自己。

最后，团里责令二机连党支部写出书面检讨，胡国太连长在二营党委会上作口头检讨，才免予处分。

现在回想起来，真让人可气又可笑，像胡国太这样会带兵、会当家理财、爱护战士的好连长理应受到褒奖才对，可在那个极左年代，这些有悖常理的事成了一种常理。

现代社会有赌博、赌马、赌球，可从来没有听说有谁赌吃饭。那时候部队的生活都很艰苦，饿肚子是经常的事，饿了就谈吃（大概有望梅止渴之意吧），饿了就赌吃。有一次，我们后勤军械、营房、军需三个保管员杨耀清、李江印、我和农场拖拉机手王贵锁在一起，肚子饿了就谈吃。王贵锁说，他能一顿吃下三斤水饺，我们都说他吹牛皮，王贵锁说还可以加三两汤面。我们三人不信，和他打赌，说他吃不了三斤水饺和三两汤面就要请我们三个人吃一顿水饺。王贵锁满口答应。我们四个愣头青从三营部团农场出发（许屋村盐田岭），坐了13公里的公共汽车到赤坎广场北面的饺子馆买了三斤水饺，三两汤面。王贵锁是河北邯郸人，1.85米高的个子，平时不言不语，沉默寡言，是个闷葫芦，二话不说端起盘子就吃，我们三个大兵吞着口水眼睁睁看着王贵锁狼吞虎咽、风卷残云，一会就把三大盘水饺和三两汤面吃完了，谁知这家伙站起来搓着圆溜溜的肚子说：还可以再加一两汤面。我们三人听后几乎晕倒，我和杨耀清、李江印三人乘兴而来，空着肚子失望而归。

其实不是那个时代的人"大吃"，而是连队伙食差、油水少，劳动强度太大造成的。

那时候连队干部、战士生病，炊事班自己擀面条，号称"病号饭"，能吃一碗热面条，这在当时已经是最好的享受了。

部队在鸭姆港搞生产期间，除了团部和三大机关有营房可住，营连二级单位的营房都建在所种植的稻田地边上。所谓营房，就是用竹竿搭起一栋高2.5米、宽4.5米、长30~40米的房子，屋顶盖上稻草，四周用稻草拌上黄泥巴糊上去，每逢梅雨、台风

季节，外面下大雨，里面下小雨，晚上战士们都无法入睡。最尴尬的是连队干部爱人来队，住在这既不隔音又透光的茅草房，夜间夫妻俩想亲热一下，也只能"悄悄地干活"，时不时还闹出一些笑话，成了战士们的谈资。

  部队进入鸭嘴港两年后，穷则思变，饿则想饱，团里办起了农场，自己做酱油、做粉丝、养猪、办小加工厂做热水瓶外壳。各营、连利用搞生产的优势因地制宜，开始在地头房角开荒种菜、养猪、养鸭、挖塘养鱼，生活比刚进入鸭嘴港时好多了。连队再也不用为吃不饱发愁了，甚至餐餐都有鱼有肉了。那时候我在机关经常随财务、军需助理员吴主良、侯福昌、欧月城、梁水亮等下连队查账，检查农副业生产，搞生产、生活统计工作，午餐均在所在连队就餐，司务长就会拿最好的鱼、肉给我们加菜。连队的伙食比我们司、政、后机关都好。但连队的生产任务非常重，劳动强度仍然很大，而且动不动就搞大会战。

  三营营长刘祥林，湖南衡阳人，1962年入伍，是个小个子胖墩，外号"儿童团长"。这是一个充满活力、有理想、有激情、无私无我、能吃苦、从农村出来的青年优秀军官。当时是全师营一级最年轻的干部。其老婆来部队结婚，当晚在营部举行婚礼后，刘祥林营长挑起竹筐就下连队参加大会战，营部管理员陈长丰看到营长住在营部中间生活不方便，当晚和通信兵将刘祥林营长的住房临时移到营部东头。第二天早上七点多刘祥林营长劳动回来后竟找不到自己的"婚房"和新娘，此事成了当时全营乃至全团官兵的笑谈。

  军队干部服役条令规定：营以上干部其爱人可随军，未婚干部每两年有20天探亲假,已婚干部每年有30天探亲假,其爱人每年可来部队小住30天。部队有个不成文的规定,凡干部爱人来部队头三天可以不用出早操,爱人离队前三天也不用出早操。一些连队干部经常开玩笑说:我们这些连、排干部有时"旱死",有时"涝死"。

部队进入鸭姆港后,由于生产任务太重,开头两年大部分未婚干部探亲假被取消,不少结了婚的干部也都放弃休假。但那时候

昔日军民堤缩水了但变美丽了

的干部风气非常好,思想觉悟很高,大家都没有怨言,没有发牢骚。

师长于增令,山东省荣成人,1945年入伍,是四野的老兵,南下的老干部。1964年任364团团长驻防汕头时,曾被台湾蒋军称为"老虎"团长。这位从解放战争中冲杀出来的战将是位只懂吃苦不懂享受、只知干活不会休息的指挥员。为了确保大堤尽快合龙,他

日夜奋战在工地上，由于长期得不到休息，疲劳过度又营养不足，患了急性肝炎仍不肯进医院治疗。师医院二所所长曾焕坤对于师长说，患急性肝炎是拖不得的，要于师长入院治疗。于师长说："大堤不合龙，我是不会离开工地的！"有时实在累得不行了，他便让警卫员拿一把椅子坐在大堤上指挥部队施工。等大堤合龙后，于师长已错过了治疗期，不久在广州军区总医院去世。大家都说于师长是因围垦鸭嫲港累死的，让全师官兵心痛、敬仰。

经过两个步兵团近三年的改造、奋战，一万多亩土地全部种上了双季稻。第一年就获得了"跨纲要"（亩产400斤稻谷）的好收成；第三年就实现"跨长江"（亩产800斤稻谷）了，为国家做出了巨大贡献。

1974年年底，364团退出鸭嫲港生产劳动转入军事训练，366团接替364团和365团继续搞生产，直到1979年自卫还击作战前才撤出鸭嫲港。

早在1974年，师里就组建了生产基地办公室，到364团撤出鸭嫲港时，生产基地办公室已改成广州军区赤坎生产基地并已初具规模了。1986年41集团军把121师副参谋长谢柏海调到广州军区赤坎生产基地任主任。而在谢柏海上任之前，集团军已把原365团副团长周文钰调往赤坎基地担任政委。

谢柏海是广东佛山市人，1969年春入伍，思想前卫，开拓进取，脑子灵活，办事沉稳，为人做事低调、务实，有广东人善于经商的特质。周文钰是河南驻马店人，1969年春入伍，政治思想觉悟高，党性原则强，为人热情正派，豪爽大气。两人是老战友、老搭档，配合默契。接手后，他们改变原来的经营模式，逐步将水稻田改造成鱼塘，并承包给当地渔民养鱼。种水稻时要人力、种子、农具、化肥、农药，改成养鱼后什么成本都省了，效益明显提高了。这是生产经营模式上的一次重大改变，也是赤坎生产基地的一次华丽转身。从此以后广州军区赤坎生产基地效益一年比一年好。

1978年12月18日，党中央召开十一届三中全会，会议决定把党的建设重点转移到经济建设上来。谢柏海主任抓住改革开放的大好机遇，留下小部分水深的稻田养鱼，把靠近赤坎市区的大部分鱼塘填成场地出租给地方经营，后又逐步引入市场机制，把填好的土地改成各种批发市场，集农、工、贸于一体。由于改变了经营模式，使生产基地的经济效益有了量和质的飞跃。

有幸的是，1969年年底入伍就在调顺岛鸭嫲港劳动的我，20年后的1989年10月份，上级把我从164师后勤部调往广州军区赤坎生产基地担任副主任，成了谢柏海主任、周文钰政委的助手，负责生产基地的经营管理工作，也成了鸭嫲港这块土地的管理者之一。

此后我和谢柏海主任、周文钰政委也结成一辈子交情、交心的好战友。遗憾的是周文钰政委因病先离我们而去，让人痛心并感悟生命的无常。一语带过。

早在1978年7月28日，师里把炮兵团军需助理员宋庆良调到赤坎生产基地担任酒厂厂长。宋庆良上任后，迅速改变原酒厂的小作坊经营模式，更换设备、扩大生产、改进工艺流程、办理各种证照，将酒厂升级为对外经营的酿酒企业。

经过十多年的发展，这个时候的广州军区赤坎基地已经今非昔比了，生产基地酒厂已经成了中国人民解放军最大的酒厂了。我清楚地记得，只要我们广州军区赤坎生产基地酒厂购买湛江市

属下各糖厂的食用酒精（用于做酒），各糖厂的酒精就涨价。用米酒勾兑一定比例的食用酒精做酒，生产周期短，酒的产量高，加上酒厂技术好、工艺好，酿出的酒口感好，受到了广大客户的好评和喜爱，最高峰时酒厂每月发运山东、河北、河南等省市的白酒达36个火车皮，年产白酒1000万斤。宋庆良厂长创办的"米香曲"牌子的米酒销遍了大半个中国，享誉中国人民解放军陆、海、空三军。赤坎生产基地酒厂和宋庆良厂长先进事迹还多次上过《战士报》《解放军报》，宋厂长先后被评为全军劳动模范和广州军区劳动模范。当时赤坎生产基地属下约有近万亩鱼塘，每年产鱼1000多万斤，产三鸟100多万斤，只要年底鱼塘放水捕鱼，赤坎区各个农贸市场鱼价、三鸟价格就会大跌。广州军区赤坎生产基地成了解决湛江市人员就业，平抑农贸市场物价，丰富市场鱼、蛋、禽产品供应的一个举足轻重的生产企业。

广州军区赤坎生产基地在谢柏海主任、周文钰政委的正确领导、谋划下，前后不到10年时间，就把原来围海造田的一半多土地陆续改造建设成布匹、建材、洁具、水果、海产品等专业批发市场，集农、工、渔、贸、批发、运输配套一条龙产业，成了粤西地区最大的物资集散地，成为中国人民解放军生产效益最好、最富有的生产基地。

原中央军委副主席、国防部长、总参谋长迟浩田上将，原中央军委副主席张万年上将，广州军区原司令员尤太忠上将、政委张仲先中将，41集团军军长赵德芳将军、军政委王静波将军以及总后生产部、广州军区联勤部、41集团军后勤部等机关领导分别多次到赤坎生产基地检查、视察。

1996年，广州军区赤坎生产基地主任谢柏海被评为全军优秀企业家和广州军区劳动模范。

毛泽东主席不是神，毛泽东思想胜过神！在那物质生活极端匮乏的情况下，在那生产工具极端原始的情况下，我122师全体官兵，依靠毛泽东思想"一不怕苦、二不怕死"的硬骨头精神，用"苦干加巧干""革命加拼命"的革命精神，前后仅用了两年多时间，就把一片汪洋的鸭嫲港改造成一片良田。经过几代官兵的艰苦创业和不断改造、发展，如今的鸭嫲港成了湛江市赤坎区最繁华的商业区、最美观的街区和最亮丽的风景区。

现在回想起来，不得不让人感叹，当年政治思想工作的巨大威力和毛泽东思想的神力！

当年，122师全体官兵近10年艰苦奋斗、创造出来的劳动成果，现在赤坎区市民成了最直接、最大的受益者。

弹指一挥间，五十年过去了，当年组织指挥围海造田的师、团首长们大都已经作古，不少营、连、排干部、战士也都陆续有人先后去世了，我们这些幸存的战友们也都进入古稀之年。

苏联著名作家奥斯特洛夫斯基说过：人最宝贵的是生命，生命属于每个人只有一次。人的一生应该这样地度过，当回忆往事的时候，他不会因为虚度年华而悔恨，也不会因为碌碌无为而羞愧。

是的，我们没有后悔，我们不会埋怨过去的艰苦年代，相反我非常感恩生活在那个伟大的年代，它为我们确立了正确的人生观、世界观和价值观；它让我们懂得"前人种树，后人乘凉"的道理；它让我们懂得今天的幸福生活是一代代革命前辈艰苦奋斗甚至用牺牲生命换来的。

是的！我们没有后悔，哪怕当年我们是个普通士兵也好，因为我们努力了，我们付出了！

2011年12月5日初稿

2020年4月14日重修

军委领导视察赤坎生产基地

走进调顺岛

调顺岛位于湛江市赤坎区的东北面,离赤坎区仅4公里。全岛面积5.8平方公里,居民不足千人。岛上有湛江港务局的第三作业区(湛江港口多,分三个作业区,霞山港、霞海港、调顺港也叫第三作业区)。调顺港区设有一个登陆艇码头,6个万吨级以上煤炭、金属矿石码头,以及湛江远洋渔业基地,1965年以前,调顺岛曾是一个独立小岛,后因战略需要,岛

的北面由南海舰队修了一条大堤与许村相连,并在大堤上修了一条铁路专轨直接连接港口码头。南面于1969年年初由122师修了一条大堤与赤坎市区相连。在南北两条大堤没有修通、部队没有进驻前,岛上交通极为不便,信息闭塞,岛上居民祖祖辈辈以捕鱼为生,与贫穷为伍。由于岛上都是沙地,又没有淡水,因此无法种植庄稼,只能种甘蔗,岛上的风景树只有马尾松。我们刚到调顺岛时,见到岛上居民有点原始人的味道:身材矮小,颧骨凸

出,皮肤乌黑,衣着破烂不堪;夏天光脚赤背,行为粗鲁。自从建了港务局第三作业区,设立了湛江渔业基地,修通了两条大堤,岛上居民经济才有了好转。特别是122师364团驻岛后,给岛上居民添了人气,逐步改变了岛上居民的形象。由于交通不便,鱼虾无法外卖,1973年12月我提为团后勤机关供给排长时,曾在调顺岛最好的一家饭店请战友们吃饭,满满一桌鸡、鸭、鱼、虾,只花了我12.6元,市场上每斤对虾只卖0.5元,可见当时岛上生活水平之低,物价之低。

1971年7月,团后勤机关从雷州师范学校换防调顺岛,军需仓库也随之搬到港务局门口左侧、调顺岛的农贸市场边上。为此我一个人单独住在军需仓库里,每天只能到港务局饭堂吃饭,早餐每餐5分钱,中午、晚上每餐0.15元,有时想吃好点再加5分钱。那时候的社会风气好,社会治安也好,人际关系纯朴简单,一个步兵团的军需仓库放在农贸市场边上,不用派士兵站岗放哨,两年多时间从没出过任何事。到港务局饭堂搭伙吃饭也不用跟任何人打招呼,只需自己到饭堂总务那里买饭票、菜票就行。晚上到港务局洗澡也不收分文。难怪20世纪50年代以前出生的不少人,怀念毛泽东时代的好处。

我在调顺岛前后生活了5年,在调顺岛期间是我军旅生涯最轻松最快乐的5年。那时候单身一人,无牵无挂,每天晚饭后,我和金勤汉、张新民、刘春林、杨耀清等战友到海边散步,我们提着军鞋,光着脚丫,迎着习习略带咸味的海风,踏着松软的沙滩,看着细碎的浪花,在沙滩上玩耍嬉戏。那时候的海滩,沙子金黄纯净,海水湛蓝清澈,没有一点污染。每当退潮,当地渔民

便下海捞鱼捕虾，有的渔民就在沙滩上挖沙虫、抓小蟹，我们也常常参与其中抓些小鱼小虾。机关营房就在大海边上，晚上我们经常坐在海边，

看渔火，听涛声，憧憬着人生理想。那种早迎旭日、夕送晚霞的生活，现在想起来，真让人有点留恋。几十年过去了，每当想起那时的生活状况和生存环境，仍然能感受到当年的幸福时光。

2011年10月12日，我到达湛江市后，第二天便游览了调顺岛全岛。四十年过去了，人非物也非，岛上除有几栋现代化的建筑外，整个海岛一派破废、荒芜的景象。昔日金黄色的沙子如今已经变成乌黑色的沙滩；由于海水污染，近海的鱼虾，沙滩上的沙虫早已绝迹；塑料袋、泡沫碎块、生活垃圾在海滩上四处皆是；原来公路两边的沙土地都种满甘蔗，现在岛上居民有的进了港务局工作，有的进城务工，人走了，地也荒了。与四十年前相比，原生态被破坏殆尽。唯一有点变化的是昔日岛上从南到北唯一的一条沙土路，现已变成了一条油柏路。过去公路两旁的马尾松现在全被砍光了。岛南头的一段道路两旁开设了一些海鲜酒家，由于没有统一规划，商家各自为战，各酒家之间规模大小、档次不一，显得零散、稀落，不成气候，加上道路两旁没有装路灯，一到晚上黑灯瞎火，没有一点氛围，也不上档次。

更让人匪夷所思的是这么宝贵的一个小岛，竟在离原364团后勤机关不远的西北处建起了商品房。多么珍贵的一个小岛！怎么能开发房地产呢？这难道是审批的官员脑子进水了吗？这么好的小岛资源被破坏了，就像广州某江心岛错误规划了商品房一样，就再也改不回来了。

调顺岛是我军旅生涯的第一站，又是我离开湛江时的最后一站。其间我在调顺岛工作、生活了5年，对调顺岛我怀有很深的感情。我想念调顺岛，热爱调顺岛，但这次到调顺岛却让我感到失望，让我感到失落。我弄不明白，当地的官员、商人为什么会把一个环境如此优美的小岛建设成了如此模样？像调顺岛这样地理条件优越、得天独厚的海岛渔村，几乎全国无几，调顺岛各酒家加工出品的海鲜味道，堪称全国第一！湛江人好吃，会吃，敢吃，为什么不把调顺岛建成一个海鲜美食小岛或海鲜美食城呢？如果再把岛上绿化、美化、花化，这不就成了集旅游观光、美食之热岛吗？

是金子一定会发光，是宝地一定可载福！随着社会进步，生活水平的提升，人们崇尚自然、回归自然的意识和愿望越来越强。我相信在不久的将来，一定会有智者发现这块风水宝地！调顺岛的明天一定会建设得更好，变得更加美丽。

我坚信！

2011年10月14日 于湛江市南海湾宾馆

重访湛江渔港

我在野战部队服役25年间,一直负责后勤军需保障工作。职责的原因,使我经常和地方有关部门打交道。20世纪80~90年代,湛江市的商业局、物资局、粮食局、水产公司、石油公司、食品站等,是我最熟悉,并且经常打交道的部门。在计划经济年代,部队除了专供的军用品外,部队的粮油等食品、副食品、日用品包括马草料,都得由军需干部到地方筹措。当时湛江市有两大驻军,一是南海舰队,二是陆军122师(后122师撤销,由164师接替)。南海舰队架子大,属副兵团级,但人员少;陆军师级别低,但兵员多。紧缺商品南海舰队多分些,一般食品陆军部队多分些。地方每年除了供应一些正常的粮、油、豆、猪肉、禽蛋等副食品、水产品及日用品外,我这个军需官还经常要找他们要一些特供的紧缺商品,如凤凰单车、华南缝纫机、名烟、名酒和鱿鱼、虾干、花生油、好大米、一级面粉等,供部队机关、首长享用。

湛江市政府机关当时在职的部门领导,像商业局孙局长、牛局长,物资局刁局长,石油公司谭总,粮食局黄局长,水产公司张经理等,都是从军队转业到地方的南下干部,对部队怀有深厚的感情。加上政策有规定、有要求,所以这些部门和领导对部队的供应很重视。由于经常打交道,我和他们彼此间建立了感情和信任,双方关系融洽,每次找他们要食品、海产品,有计划的给,没计划的也给;有证明的批,没有证明也批;身上带钱给,有时忘记带

钱也给。打交道最多的是粮食局和水产公司，我经常找他们要好米、好面、花生油、海产品等，逢年过节还要点计划外紧缺商品。

现在的青年人可能不理解，上述这些东西，怎么要证明？要审批呢？满大街的超市都有，就连路边的士多店也能买到。但在那计划经济年代，那可是紧缺商品啊！就连市粮食局、市水产公司的领导，也不是想买就能买到。

1985年164师调防湛江后的第一个春节，我当时任师军需科科长，一次就从市水产公司要了一吨半鱿鱼，分给三大机关科以上干部，叶爱群师长都感到意外。此外我还经常到湛江渔港买一些海鱼供应连队。每次到渔港，水产公司张经理都陪我到码头买鱼。那时候的渔港才是真正的渔港，每一条外出捕鱼的渔船，回来都满载而归，最常食用的巴兰、红三、大眼、带鱼，随抓随有；马友、马鲛、海立、鲈鱼、石斑也随处可见可得。码头渔场、吊车、冰库、手推车以及装鱼用的大箩筐（每只可装200斤鱼），设备配套，一应俱全。渔船靠岸后，岸上渔业工人马上调来吊车，有人下船把海鱼分类；有人装筐、吊装、上船；有人外卖；有人过磅，存入冰库。大家相互配合，一派繁忙景象。

2011年11月13日我到湛江后，特地到渔港看了一下，不去不知道，

去了吓一跳。现在哪有什么渔业公司啊，早就破产走人了。由于环境污染，近海早就没鱼可抓了；由于船小，无法到远海、公海抓鱼，不少渔民已经失业了。再看渔港码头，原来的渔场现在堆满泡沫箱和生活垃圾，冻鱼的冷库早已停用废弃。也不存在渔业工人了。我走到岸边码头过去停泊渔船的地方，现在成了垃圾场。由于有关部门监管不力，个别不法企业、商人为了省钱省事，就把生活垃圾和建筑垃圾倒到海里。由于近海边的海水严重污染，闻到的再不是略带咸味鲜味的海水味，而是一股恶臭。我问两个正在翻晒渔网的渔民：怎么好好一个渔港变成了一个被人丢弃的垃圾场，他们两人像看待外星人一样看着我，然后像是气愤，又像是无奈地说：海里没鱼抓了，还在这里等死啊？

造成海产品锐减，除了环境污染，大量生活污水流入海洋，使鱼类无法生存外，过度捕捞、滥捕、滥抓也是一个重要原因。

湛江有一道汤，叫杂鱼汤。用海立、泥鳅、鲜虾等小鱼一起煮，只放点盐，几片生姜，其味道鲜美无比，其他地方似乎没有这道杂鱼汤。但大鱼小鱼一起抓是我们国人历来的做法。用一寸宽的拉网下海放网拉鱼，不管什么鱼，大小鱼都跑不掉。在水产市场上，拇指大的鲍鱼、贝类、小鱼，成筐成筐地在摆卖，比比皆是。

我到澳大利亚探亲期间，亲眼见到澳洲小孩到海上撒网抓鱼，只抓大鱼，小鱼则全部放回海里。我到市场上买鱼，鱼档上没有一条小鱼，都是一斤以上的海鱼。澳洲政府对到海里抓鱼的规格大小、数量多少，都有严格的规定，如10寸以下的小鱼一律禁止捕捞；抓螃蟹，只能抓公的，不准抓母的；到海里抓鲍鱼等贝类，每次不准超过50个，规格必须10厘米以上，等等。

　　事有凑巧，前一天原赤坎基地陈司机租了一条快艇，说带我去看看南海舰队的导弹驱逐舰。我们几人在海上兜了一圈，回来途中见一渔民在收网抓鱼，我说过去看看，掌船的老大便将快艇驶近捕鱼小船，我们说明来意。老渔民让我们上船，并把捕捞的鱼拿给我们看，都是一些正在上"幼儿园"的小鱼，我问他怎么没有大鱼，老渔民说大鱼捕光了，连小鱼也没有了，他今天放了一个上午的网，只抓了这些小鱼，最后我们以200元买下他一个上午的全部劳动成果。

　　晚上，好友老张夫妇请我吃海鲜，当服务员把杂鱼汤和各种海鲜端上桌子时，我想起上午到渔港情形，心里很不是滋味。

　　改革开放30多年，我们学习外国许许多多好经验、好做法，为什么不把人家"抓大放小"的方法学过来？有些人说我们国民素质差，法律不管用。但去年实行"禁酒驾"，不是真正把"醉猫"禁住了吗？还是毛主席老人家说的在理："世界上怕就怕认真二字……"

　　上帝为人类造海、造山、造田地，目的是给人类创造生存条件。海、山和田地，是人类赖以生存的最基本、最根本的自然条件。正因为有海有山有田地，人类才能够生生不息，才能够繁衍生存。前人说"靠山吃山，靠海吃海"，海、山和田地为人类提供取之不尽、用之不竭的生活资源。遗憾的是，今天的人们不懂得惜福，不懂得回报，不懂得感恩。大海为我们提供了丰富的水产品，海边人几乎一日三餐离不开鱼虾。我们取海、吃海、赏海，却不善待海、不爱海、不护海，反而把成车成车的生活垃圾倒往海里。

　　佛教讲因果报应,现代理论讲因果关系,其道理是一脉相承的。这种破坏性的索取,这种竭泽而渔的做法,定将受到上帝的惩罚。

　　上帝不是已经在惩罚我们了吗?

2011年11月15日

澳大利亚记游

女儿在澳大利亚读书,留洋六年了。不少到过澳大利亚的人都说澳大利亚非常美,是人间天堂。多少年来,总想有朝一日到澳大利亚走走,看看这个人间天堂,也看望我梦魂萦绕的女儿、女婿。如今他们已居有定所,他们的居住条件如何?生活环境怎样?工作学习适应、愉快吗?带着这些美好、好奇和思念的渴望,2009年2月6日,我搭乘澳航QF98航班,登上了澳洲行的旅途。在澳十天,先后参观了布里斯班市容、澳洲动物园和黄金海岸等地;到温努海边搞了一次烧烤;也在女儿女婿家的后院栽了花,种了果。其间所见所闻,感触颇深,特作如下记录,算是感慨和纪念。

在女儿家后院栽花种果
(澳洲行之一)

这次到澳大利亚,一是看望女儿、女婿,二是感受那里的异国风情。临行前女儿亲家蒋毅特地从济南打来电话，说是儿、媳已买了房子，要我把其后院好好规划一下，种点花、果什么的，我当然悉听遵命。

2009年2月6日晚上11时，我搭乘澳航QF98航班，从香港起飞，澳洲时间第二天早上9：30时（澳洲时差快我国两个小时）到达布里斯班机场，下飞机，拿行李，出海关，到女儿家快12点了。

女儿这个新家坐南朝北，前面有一条柏油马路，再往前是一片绿地，有一条小水沟，房后有几棵大树，虽谈不上很好，却也不差。整个庭院占地580平方米，建筑面积300平方米，呈"回"字形布局，四房二厅，一个开放式厨房，车库、洗衣房各一个，院前院后均种植地毯草。

也许见到日思夜想的女儿、女婿，心情格外高兴，我一改往日午睡的习惯，一抵女儿家，草草吃了一点东西，便叫女婿带我到苗圃场购买花木。想不到布里斯班的花木和日杂商场开设在一起，商场内堆满各式各样的日杂用品，商场一侧露天摆满各种花木，连各种蔬菜种苗也有，且全部用塑料盒栽育。

女婿推着小推车跟在后面，我一边观看，一边选购，先后买了五棵果树苗、十几棵风景树苗，还买了西红柿、木瓜、小白菜苗等。买好了，我们又进入日杂商场，买了两包有机肥料，以及锄头、铁铲、洋镐、剪刀、木桩和铁丝网等配套用具，随即赶回家里，简单将后院、门口做了规划，又给家里人分了工：我和女婿负责挖坑、种花木菜苗、打木桩、围铁丝网；女儿负责浇水。我们每挖一个坑，便先放足基肥，拌上碎草，种下花木菜苗盖上土，再放点表肥，盖上稻草，打上木桩，围好铁丝网，然后再浇水。我和女婿开玩笑说，我们今天栽花、种果，全部都是按ST9000标准进行的（ST9000根本就没有种木菜苗的标准，玩笑一句）。像这么仔细认真栽种花木菜苗，我也是有生以来第一次。

经过一家人大半天的辛勤劳动，购买回来的花木菜苗全部种下去了。望着这些刚种下去的花木菜苗，我觉得自己好像干了一件了不起的大事而沾沾自喜起来。我突发奇思，心想像我这样积极认真的预备华侨的爸爸，恐怕整个布里斯班华人圈子里是找不到的，如果布里斯班市要评选2009年度华人绿化标兵，恐怕非我莫属了。可是直到我2月17日回国，布里斯班市有关部门也没来找我，宣扬我绿化的先进事迹，就连女儿、女婿也没有一回表扬，你说可气不可气！

当天,坐了九个小时的飞机,中午没有休息,又干了一个下午的体力活,晚上我怎么也睡不着。

第二天,我又开垦了一垄荒地,种上西红柿、木瓜和小白菜,我想等到春天(澳洲的九月份),有部分花、果树将会开花结果了;再过三五年,整个后院将会一年四季有花有果,绿树成荫了。

没到澳大利亚之前,心里总盼望着女儿、女婿学成、拿到澳大利亚的绿卡后能回济南或广州发展。如果能来广州,我准备将近几年发展起来的一份小小的家业交给他们管理。如今一到澳洲女儿家,却又稀里糊涂地为他们栽花种果树,直到这一刻,我才深深地感到懊悔!女儿、女婿今生今世回不来了,他们也不想回来了,他们就要在这陌生又令人向往的国度安家了。我哪里是在帮他们栽花种果树?我是在帮他们在这里扎根安家啊!

普天下的父母都教育自己的儿女要奋发向上,要实现自己的理想,规划自己的前途,创造自己的幸福人生。正是在前途、理想的驱动下,1969年12月3日,我离别亲爱的母亲和亲人,走进人民解放军这所大学校,一干就是三十三年。在那物质条件极其贫乏的年代,母亲一个人默默在家乡忍受着生活的艰辛和思念的煎熬。好在上帝眷顾她老人家的善良和慈悲,让我在部队入了党、提了干,在那个特殊年代里,虽然在经济上、物质生活上没有对母亲多少帮助和照顾,却从精神上给了母亲莫大的安慰。

母亲生前对我的思念最多,对我的牵挂最大,特别是1979年我参加对越自卫反击战的28天里,母亲几乎夜夜彻夜难眠,白天求神拜佛,晚上烧香祈祷,整天愁眉苦脸、忧心忡忡,直到自卫还击作战胜利我平安回国,她老人家脸上才有了笑容。

遗憾的是我在部队服役三十三年,从未回老家陪母亲度过一

个春节。就连1988年4月12日母亲去世,我也未能赶上在她生命的最后一刻和她老人家见上一面。

"可怜天下父母心",女婿蒋臻祖母今年85岁高龄了,去年听说孙子要结婚,老人家亲手做了一床棉被,说自己做的厚实些,送给孙子孙媳作结婚礼物。老人家的深情厚谊,让我感动不已。

人们都说人老了就喜欢回忆往事,人老了总爱考虑后事,如今我已经到了人们所说的"老了"的年龄了。近两年来,总觉得孩子太少,身边总缺点什么,特别渴望亲情,想念儿女、亲人,总盼望着能儿孙绕膝,其乐融融。

儿女是父母亲生命的延续,是父母亲的未来和希望,更是父母亲全部的精神寄托。

儿时,父母亲是孩子的依靠;父母老了,孩子是父母亲的依靠。这是一个相互、相依的生命轮回。今后我有这个轮回吗?

我为女儿家栽花种果树,也种下了我永远的惆怅和对他们的深深的思念⋯⋯

2月7日这一夜,我彻夜未眠。

2009年2月7日深夜于女儿家中

到温努海边烧烤食物
(澳洲行之二)

女婿蒋臻带我及家人到温努海边烧烤食物,顺便也看看那里的海景。小蒋好友梁玉鸣是广州海珠区人,在布里斯班市一家中餐馆当大厨,听说我来探望女儿、女婿,特意请假携妻子小凤陪我们同行。两家人各自驾着小车,约莫二十多分钟行程后,我们便到达温努海边。到温努海边恰好碰上退潮,海蓝沙白,一望无际。温努海属内陆海,滩涂不长,约3~4公里,岸边有一块长长的绿地供游人散步,其公共设施配套完好,澳洲政府在绿地边上为游人安设烤炉,烤炉配有自来水和天然气,并搭设凉亭,安放桌子、凳子,全部免费供游人使用。游人到此烧烤食物,自己备好烧烤的各种食品后,清洗烤炉(其实烤炉都很干净),点炉放上食品,烤好吃完后,清洗好烤炉,收拾好垃圾,放进垃圾桶。人人皆然。据说各地的公共活动场所都是如此。澳国的社会福利和国民素质可见一斑。

离烧烤食物地约一公里的下游处有一处海水游泳池,池子很大,边上配有露天没遮没挡的淡水冲洗水龙头,池内不少不同肤色的男女老少在尽情戏水。池子四周成群的海鸥在四处觅食、追

逐,远处海天一色,蓝天如洗,白帆点点。落日的余晖,把整个海滩映成金色。岸边林荫道上不少人在遛狗、散步,好一派休闲的景象,一切是那么写意,那么舒心!

女儿女婿自告奋勇负责烧烤食物,小梁带我下海走走,我们光着脚丫,走到离岸边不到二十米处的滩涂就惊讶地发现:滩涂上长满叮螺,成群的小螃蟹在滩涂上肆意爬行,再往前走就有不少海蚌和带子,这在我们国内海边是根本看不到的。随行的小梁告诉我,这里的滩涂、沟渠、河流到处都长满可供人类吃用的各种动物,如野鸭、乌龟、鱼类和贝壳等。去年女儿回国在家曾对众侄儿和我说,其家后面的大树上夜间常有果子狸和成群的鸟类来此栖息过夜,门前水沟野鸟、野鸭成群。当时大家都认为有夸大其词之嫌。这次亲眼所见,证实确有此事。澳洲政府规定不准捕杀任何野生动物,到海边捡贝类一人次不准超过50个,否则罚款5000澳币，没收运载工具（小汽车）。

我们没有理会他们的规定和罚款，提着塑料桶便在滩涂上捡起了海蚌和带子。女儿及小梁爱人小凤听说有这等好事也纷纷跑来凑热闹，不到半小时工夫就捡了一塑料桶海蚌和十几个硕大带子，共30多斤。叮螺与海蚌、带子相比，就低了一个档次，因此我告诉他们只捡海蚌、带子不捡叮螺。如果按我个人的熟练程度，一小时捡100斤叮螺是完全不成问题的。女婿在岸边烧烤食品，见我们提一大桶海蚌和带子回来，大喊要不得，不然是要受重罚的。我和小梁只好不情愿地把已捡的海蚌和带子倒回滩涂上，只带回很小一部分回家。

海蚌、带子捡到了，牛排、羊肉、玉米、火腿肠等食品也都烤好了，大家坐下来享用。吃惯了粤菜、潮菜的我对这些洋做法、洋食品毫不感兴趣，只吃了一个玉米和一小块牛排，其他人都边吃边说很好、很香。其实我内心却惦着回家煮蚌肉稀饭呢。

就在我们享用烧烤食物，大谈采捕海蚌、带子的喜悦时，来了3个10岁左右的金头发、蓝眼睛的小男孩，他们手里提一个塑料桶和一张小网，随即就在我们边上的河沟里撒网捕鱼，由于人小体力不配，技能欠缺，网撒不开，可一收网竟有十几条小鱼，可见河沟里鱼的密度很大。他们一边翻网一边把小鱼丢回河里，只捡了四五条虾放进塑料桶里，我问小梁和女婿是怎么回事？他们告诉我，澳国规定1斤重以下的小鱼不准捕捞。看来澳国的法律深入人心。澳国人的法律意识比我们强得多，连小孩都能自觉执行。我想教他们怎么才能把网撒开，由于语言不通，连说带比，他们也没有听懂我的意思，只是咧着没有门牙的大嘴冲着我

傻笑。他们连撒十几网,均没有捕到大鱼,只好扫兴地跑了。

回到女儿家,小梁马上烧水煮海蚌、带子,谁知这些海蚌、带子个头比我们广州海鲜店的大得多,可内中的蚌肉却比我们广州的海鲜店的小得多。

"用进废退",是万物的自然法则,我想这些海蚌和带子们,大概是觉得这里的人们长期不采食它们,它们的自身价值得不到体现和利用,干脆就不想长肉了吧,它们只是快乐地过着它们无忧无虑的日子。

天地生万物,万物供人享用,这是造物主的安排和初衷吧!过度采伐、滥捕、滥杀不行,一点不抓、不杀、不予利用也没有必要。

两相(国)比较,我们(国)是采伐、捕、杀有余,他们(澳国)是利用不足,而深层原因,我想,或许是两国人口数量比例悬殊,经济基础、社会福利的差异和国民素质高低之分。

2009年2月10日深夜写于澳洲女儿家中

观光布里斯班
(澳洲行之三)

第一次到澳洲,女婿、女儿便带我到布里斯班市看看,从女儿家到布里斯班市区只需30多分钟行程,沿途道路高低不平,弯弯曲曲,可以看出该市市政道路修设是完全按照原有的地理、地貌不加修整建造的。其市政道路比起我们广州、深圳、珠海等沿海城市差得远了。不过虽不平坦、笔直，倒也显得原始、实用、自然。

布里斯班市是澳洲的第三大城市，位于布里斯班河的下游。是昆士兰省的首府，人口约180万。从飞机上往下看，布里斯班河犹如一条明亮的彩缎，从山峦天际缓缓飘来，流过碧绿的原野，蜿蜒曲直，在市区里绕了几个S形弯后，又飘然隐没在远方。阳光下的布里斯班河碧波荡漾，白帆点点，沿河两岸的住宅一栋栋，一排排，小巧玲珑，错落有致，沿岸的草坪上草绿花香，好一派诗情画意的田园风光。

布里斯班市是一座崭新的现代化城市，市区东北广场设有为战争中死难的烈士纪念亭，亭子是用18根石柱围成的阵亡将士纪念亭，中央燃烧着长明灯，显得庄严肃穆。市政大厦正门矗立着一座106米高的钟楼。我想这一定是昆士兰省最高的，也是最有

代表性的建筑了。我粗算了下,整个布里斯班市的高楼大厦最多也不过百十栋,比起广州来那是小巫见大巫了。当然城市建设、城市规划、城市档次和美观并不是以高楼多少来划分的。

女婿把我们领到一条步行街,我仔细观察了一下,整条步行街东西长不到两公里,却在街中央分别设有四处露天酒吧。酒吧内供应各种红酒、咖啡、饮料和冰激凌,边上放几张桌子和高脚凳子,供上街观光的游人歇脚小憩。一看便知道这是一个非常休闲、非常自由、热爱生活、享受人生的国度。我们随即坐下来品味一下咖啡、热饮,感受着异国生活风情。

布里斯班市简直像一个联合国,白人、黑人、黄皮肤、蓝眼睛、黑头发,各个种族、各种肤色的男女老少,穿着奇装异服,挺胸凸肚,熙熙攘攘,穿梭其间,一切都显得井然有序、杂而不乱。街道路面干干净净,铺位林立,中国的服装,意大利的西服,法国的香水、化妆品,充满街市。其经营方式和货物摆设,类似于广州市的北京路。特别耀眼、引人注目的是当地土著商品,这些半土不洋的各类商品,五光十色,琳琅满目,却没有一件让我们看上眼。老外们对人很客气,不管在哪里,见人就"哈喽",和我们国内比起来,倒也显得彬彬有礼。

喝着略带苦味的咖啡，品着冰凉甜爽的冰激凌，看着这个陌生的城市，我在思索，我在比较，布里斯班市和我们广州市有五大相似之处：

其一，广州市在我国排行第三大城市，布里斯班市在澳洲也是排行第三大城市。

其二，广州市有一条珠江河，布里斯班市有一条布里斯班河。珠江穿城而过把广州城分成城南城北；布里斯班河也穿城而过，把布里斯班市分成两边。

其三，广州市处于珠江河的下游，布里斯班市也同样处于布里斯班河的下游。

其四，广州市有一座白云山，布里斯班市有一座客鲁撒山。

其五，广州市的城市建设是按照珠江河的流向和白云山的走向布局、规划、建设的；布里斯班市也是沿着布里斯班河的流向沿河而修建的。

所不同的是广州市面积3718.5平方公里，布里斯班面积2494平方公里；广州市常住人口加流动人口有1400多万，而布里斯班市还不到180万。

如果省与省之间对比，差距就更大了，广东省只有18万平方公里，却容纳了一亿多人口（含流动人口），昆士兰省面积达172万平方公里，却只有380万人口。

国与国之间比较悬殊就更大了，我国有960万平方公里，却容纳13亿多人口；澳大利亚有750万平方公里，全国还不到3000万人口。

真是不比不知道，一比吓一跳。我把所见、所比、所思归纳为三句话：

共产党最伟大。中国共产党解决了世界五分之一人口吃饭的大问题，这是我国历朝历代政府和外国任何国家都无法做到的。

上帝太不公平。上帝给了澳洲这么大一片土地和资源，却只养了不到3000万人口。

澳洲确是人们生活、居住的好地方。

我异想天开地寻思：如果让我出任联合国秘书长，我第一件要做的事就是再来一次土改。考虑到我们现在倡导、构造和谐社会，可以不斗地主，但必须按人口重新分配土地，而澳大利亚则是第一个重点考虑的对象。不过，我的这个大胆又美好的设想，由于工作太忙，至今尚未有时间和机会实施。

晚上，我光着脚丫在女儿家前面的街道上散步，遥望着天上的明月，我觉得外国的月亮并不比我国的圆，也不比我国的大，

但却比我国的明亮。

2009年2月12日写于女儿家

2009年10月8日改于广州家中

人间天堂库兰达

（澳洲行之四）

　　库兰达是凯恩斯市属下的一个小镇，位于凯恩斯市西北27公里处。库兰达小镇仅有750人，都是清一色的土著人。从凯恩斯市乘车前往库兰达小镇只需30分钟的行程。

　　库兰达小镇最出名的看点是热带雨林，并在游览过程中领略土著人文化。我们沿着导游设计的旅游线路，一个景点一个景点地参观游览。

　　首先我们参观了库兰达小镇的植物园。植物园面积很小，品种不多，布局管理也非常普通，比起广州市的云台花园来差远了，但却有不少花草我还是第一次看到，如翡翠藤、拖鞋花、加农炮、面包树等，我用相机一一拍下来留念。接着到土著人文化村，我们观看了土著人的舞蹈表演，开始是欢迎之舞，随后有驱蚊之舞、火鸡之舞、袋鼠之舞、跺脚之舞等七八个节目。舞蹈粗犷、动作快捷、音乐高亢、情绪激扬，与广州市白云山毛利人表演的舞蹈如出一辙，完全是土著人那种原始、豪放的风格，虽谈不上什么艺术，却也原汁原味地向游人展示了土著文化。

接下来我们乘坐第二次世界大战时期遗留下来的、经过改造的水陆两用战车,小范围观光了热带雨林的各个景点。其间,高耸入云的千年古树、直泻飞流的瀑布、涓涓细流的小溪,以及时而出现在我们跟前的小松鼠、蜥蜴和小乌龟,还有道路两旁散发着郁郁清香的各色不知名字的小花,都给我们留下了难忘的印象。

最后我们又乘坐空中缆车,大面积、大范围、全景观地游览了库兰达小镇的大看点——热带雨林。据说这一片的两林是世界上最古老、最原始、保护得最完好、最大面积之一的热带雨林。

我不是植物学家,看不懂这里面的门道,反正就是一座连着一座的大山,山上长满品种繁多的不知名字的树种,茂密葱茏。从地球上有它们以来,从没有人砍伐、破坏过,这就是所谓的原始森林;生长在热带地区,就叫热带雨林。

中午我们在库兰达小镇一个越南人开设的餐厅就餐。吃饭是我的专业和强项(我在部队当了25年的军需官,专门负责部队吃穿两件事),很多游客还找不着北,我已经三下五除二就吃完了。饭后我独自一人到餐馆外的镇上溜达。库兰达小镇坐落在一片平缓的山冈上,整个小镇就像一个大花园,一栋栋别墅掩映在花红树绿之中。乌黑的柏油路延伸、连接着每家每户。亚热带地区特有的槟榔树整齐地排列在道路两旁,像一个个亭亭玉立、婀娜多姿的少女夹道欢迎我们这些远方的游客。像这么优美的居住环境,我长这么大还是第一次看到。据说,每年来此观光的游客超过50万。

库兰达小镇的"政治、文化、经济中心"只有一条长不到300米、宽不到30米呈"之"字形的小街。整条小街全部用实木板搭设而成,造型各异、大小不一。每一个铺位都销售带有土著文化的日用品和旅游纪念品,也卖一些当地产的各种水果,水果可免费供游人随意品尝。街上除来此观光的游客外,都是当地土著人。听导游介绍,库兰达小镇居民几乎全都不做事,除了偶尔自觉无偿地参加一些公益事业,以及个别"能人"做点旅游纪念品生意,他们全靠政府发救济金过日子,每人每周发给280澳币。这里家家有别墅,户户养宠物,人人有小车。我用心观察这里的一个个土著人,并打着手势试着与他们交谈。这些土著人有洋有土,洋的西装革履、彬彬有礼、笑容可掬;土的赤背光脚、憨厚木讷。在同一个地域、同一个时间、同一样人种,出现如此悬殊的穿着服饰,真有点让人忍俊不禁,这大概也是土著人、土著文化的一大特色吧!但不管是土、是洋,人人心宽体胖,个个面带微笑,一副泰然自足、无忧无虑的样子,真是山人自有山人福。看着一辈子生活在库兰达小镇的土著居民,他们活得多么随意,多么自在!谁能说他们不是生活在人间天堂呢?

离开库兰达小镇我一直在想,人间天堂的定义和内涵是什么?

人们都向往天堂,但谁都不知道天堂在哪里。人们都向往天

堂，但谁也不知道天堂是个什么样子！

天堂就一定很富庶吗？富庶才算天堂吗？天堂很理想吗？理想的含义又是什么？我不是教徒、学者，从来没有从宗教的教义和作品中看到对天堂的详细、系统地描绘和表述。

看到库兰达小镇土著人的生活质量、精神状态、居住环境，使我对天堂有了初步的理解和认识。

我想，人们所向往的天堂，应该是社会公正、公平、民主；应该是社会稳定、和谐；应该是社会风气好，没有营私舞弊、没有贪污腐化；应该是人人安居乐业，社会祥和，夜不闭户，道不拾遗。

天堂应该是社会繁荣，物质富足，分配公平，各取所需；应该是人人有事做，个个有饭吃，生活有保障，生存没有后顾之忧。

天堂应该是人们心态平和，关系融洽，父子相敬，夫妻恩爱，兄弟友好，邻里和睦，朋友真诚，与人为善，团结互助。

天堂应该是环境优美，社区整洁，没有污染；应该是山青水绿，绿树成荫，鸟语花香；应该是道平路畅，人车分流，行走有序。

我不是名人名家，上述我所想象的理想天堂，顶多只能算个"山寨版"或叫"山寨版的盗版"吧！如果这个山寨版盗版的天堂的内容能够成立，那么，凯恩斯市库兰达小镇的土著居民的生活，应该是原生态的人间天堂了！

2010年5月25日

在飞机上的遐想

(澳洲行之五)

刚到澳洲布里斯班女儿家里,女婿蒋臻便告诉我,澳洲大堡礁是世界上最闻名的珊瑚礁。由于世界各地游客都慕名而来,观光游览的人太多,严重破坏了大堡礁生态环境。澳洲政府为保护人类这份珍贵的旅游资源,拟在近年内关闭大堡礁十年,以便保护其生态环境让其繁衍生息。女婿劝我趁未关闭前到大堡礁看看,以免留下遗憾。

就这样,2010年9月17日早上,我踏上观光大堡礁的旅途。女婿把我们送到机场时,天才蒙蒙亮。整个机场空空荡荡、冷冷清清,外国的机场,不像国内大多数机场那样,一天到晚人头攒动,熙熙攘攘,更没有像国内机场那样到处是商场、食档,想吃早餐都找不到。

我们一登机,金头发、蓝眼睛的空姐(我们国内航班是"空妹",外国航班才真正是一帮"空姐"在服务)便推着小推车送来矿泉水、汉堡包等饮料、食品,等我伸手要矿泉水、汉堡包时才知道,澳洲航班没有免费的饮料和早餐。我百思不得其解,如此富有的福利国家,在飞机上喝瓶矿泉水、吃个汉堡包都得花钱,外国人真小气!我们国家虽然穷,但国内不管哪一个航班都任吃任喝,看来还是社会主义好!

凯恩斯市的大堡礁位于布里斯班的东北部,从布里斯班到凯恩斯市飞行里程2000多公里,飞行近3个小时。飞机沿着海岸线从南往北飞,虽然早起,因为心情愉快,我一点倦意都没有。我

坐在靠近机窗的座位上，目不转睛地俯瞰飞机外面的景色，早晨的阳光柔和、纯净、鲜红地照耀着天地万物，湛蓝的天空，飘逸的云朵，宽广的天地，博大的海洋，金色的沙滩，稳固的群山，尽收眼底。面对这秀丽山川，我有点陶醉，有点飘飘然，心情无比愉悦，思路也随之活跃、遐想。

观看着国外的秀丽风光，联想我国山川大地，有一个耐人寻味的现象：山与水，总是相依相生；有山必有水，高山出好水，水由山出，山因水秀丽，水因山出名。天下一切宽广无私的河流，无不来自一座座高大至极的山。可不是吗？像我国著名的黄河、长江、珠江、澜沧江、雅鲁藏布江……哪一条不是出自青藏高原等高山？正是这些至高至极的群山，孕育了这么多大江大河，也正是这些神圣的大江大河，才繁衍、滋润了中华民族十三亿子民和五千年的灿烂文明。

我生在沿海地区，我们那里既有高山也有大海。这些年我坐过无数次飞机，到过不少地方，可从来没有像今天这样深切地感受到大地、山川、群山、海洋、湖泊的亲切和与人类的密不可分！

华夏的子民们都把黄河、长江、珠江称为中华民族的母亲河，那么把所有至高至大的山称之为人类的父亲应该不为过吧！

飞机开始徐徐降落，美丽的海滨城市——凯恩斯市清晰地展现在我眼前，明天我们将饱览大堡礁的秀丽风光，明天我们将更开心！

2010年09月17日 于凯恩斯市

澳大利亚记游

见外孙女心生欢喜（一）
（澳洲行之六）

女儿生产了！2009年8月19日下午5：40，女儿产下一女婴，体重7.2斤，取名蒋依利，小名依依。喜讯传来，我内心感到无比高兴！

自从2008年9月5日，女儿、女婿在广州举行结婚典礼的那一刻起，我心里无时无刻不在盼望着能够早日抱孙子。为这事，女儿结婚后，我还专程到浙江普陀山朝拜观音，祈求赐子。如今菩萨保佑，事遂人愿。女儿亲家蒋毅特地从山东济南家里打来电话，说："大哥，我今天心里好高兴啊！今晚我要喝两杯。可不是嘛，像这样的好事、喜事，一辈子又有几回呢？现在我们两家人拥有了，怎不叫人高兴！"

女儿婆婆刘萍，知道儿媳怀孕后，利用晚上的点滴时间挑灯夜绣，为儿媳绣了两幅挂屏，一幅是一对石榴，另一幅是一串葡萄，寓意吉祥如意，硕果累累。还和88岁高龄的老母亲联手为未出世的孙女做了几件衣服、袜子。

老祖母和刘萍做的不仅仅是几件衣服和刺绣画，还寄托了老祖母和刘萍对儿孙的思念，对儿孙的真情厚爱、对儿孙的期盼和祝福！

女儿产后来电话，要我在外孙女满月时，赶到澳洲为外孙女做满月，我非常高兴地接受了。

2009年9月10日晚上11：40，我再次登上国泰香港至布里斯班的CX103航班，也许是想见外孙女的心切，总觉得飞机飞得太慢、太慢,时间太久、太长!

谢天谢地,9月11日上午9:10,飞机准时到达布里斯班机场,出海关非常顺利,女婿开车来机场接我,路上通畅不堵。到了女儿家,下了车,我顾不得拿行李,就直奔女儿卧室,见到了我日思夜想的外孙女——依依。

这个外孙女,长相姣好,集合了我们两家人的基因优点:高高的额头,长长的头发,弯弯的眉毛,黑黑的眼睛,隆隆的鼻子,小小的嘴巴,

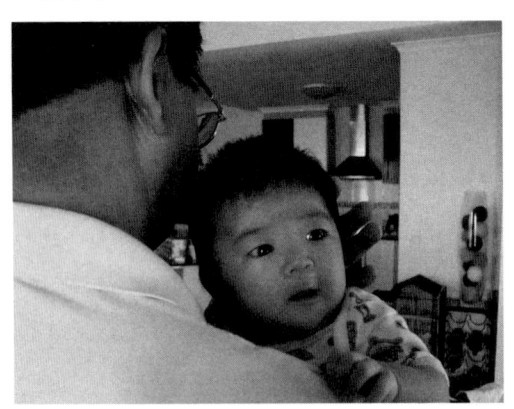

还有双眼皮,双下巴,很是惹人喜爱。

9月19日外孙女满月这一天,女儿、女婿在布里斯班市的二十几位朋友都前来祝贺庆祝,个个都争先来抱这个小公主,并一一照相留念,大家好不开心!

人们都说隔代亲,我还真有这种感觉。说实在话,对女儿我是宠爱有加的,妻子生育女儿时,我也常常抱着她玩,但就是没有现在这么亲切的感觉。

也许是对幼小生命的怜惜,也许是血缘关系使然,对这个外孙女,我备感亲切、爱惜。抱着这个幼小的生命,亲着她稚嫩的脸蛋,心里感到从未有过的幸福和满足!

潮汕地区有句老话:人生有三件大喜事:建房子、结婚、生

孩子。

如今社会发展了,物质富有了,生活内涵增加了,喜事也增多了,如高中之喜、晋升之喜、乔迁之喜、著书立说之喜、发财之喜、评上劳模之喜、评上各种代表和英雄之喜,还有中彩票之喜……但我觉得任何喜事都不能和那大三喜事相比:有了房,才能够安居;结婚了,才算成家,才能乐业;有了孩子,生命才能延续,家族和事业才能后继有人。所以说任何喜事都不能代替这三件喜事,唯有这三件喜事,才是人生喜中之喜,根本之喜,大喜特喜!而生孩子是三件喜事之首喜,因为有了孩子就会有其他二喜、三喜以及更多的喜,这是喜之源头并绵延而不绝。

中国人重视亲情后代,所谓"不孝有三,无后为大"。而"多子多福,养儿防老"的想法和做法是这种思想观念的具体体现。我想一方面是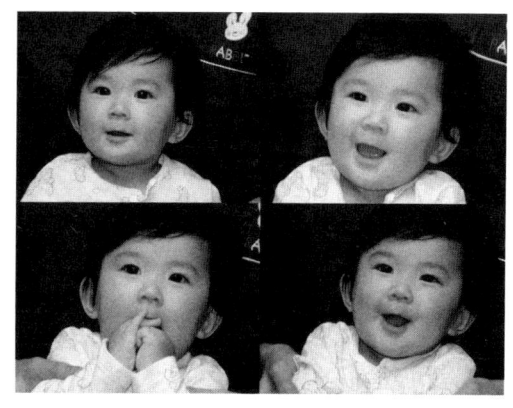千百年来儒家思想文化的影响,更重要的是中华民族几千年来,历朝历代政府一直无法解决国民的生活温饱和老有所养的问题造成的。改革开放三十年,解决了几千年来一直无法解决的温饱问题。城市一族已经彻底解决老有所养的大问题了,且社会福利正在不断完善提高,但人们对生儿育女的愿望仍然不减。如今生活富足了,对物质的需求相对减少了,对精神层面上的需求却大大

地增加了。而亲情和儿孙后代是精神层面上最大、最高、最重要的精神需求!

不少亲人、朋友打来电话,发来短信,祝贺我晋升为爷爷,我非常荣幸地接受了。这不就是人们所说的天伦之乐吗?如今轮到我了,我能不接受、能不好好享受吗?

有孙子的感觉真好,愿这个感觉慢慢地、慢慢地不断延续下去……

愿天下的父母都能品尝到这份感觉!

2009年9月15日写于外孙女满月

见外孙女心生欢喜(二)
(澳洲行之五)

我的女儿是8月5日出生,外孙女蒋依利是8月19日出生,母女俩生日前后相差只有半个月。因此每年无论这个时间段工作再忙,压力再大,我都会提前安排好工作,赶在七月下旬飞到澳洲布里斯班,在女儿家住上一段时间,给女儿特别是小孙女过一个热闹快乐的生日。女儿知道我重亲情,特别爱惜这个小孙女,也在每年年底带着这个孙女回广州和我团聚。十一年来,我们祖孙三代就像候鸟一样,在同一时间我飞过去,她飞回来,从未间断过。

小依利从一个襁褓中的婴儿起,就格外招人喜欢,谁见谁

女儿的宅院

夸,谁见,谁都要抱一抱,亲亲这个小孙女。我曾经给她照了六张相片,由我女儿排列成一组,这是我这一生中认为最好的一组(其实是小依利的底片好)。这个小孙女特别懂事,不管在什么场合都不会出洋相、掉链子,悟性也很高,什么事一学就会。2012年年底,女儿带着小依利从澳洲回到广州家中,只有三岁多的她见我在泡茶,她说她来泡,小小年纪用盖碗泡茶没有烫到手,也从未打烂杯子,还泡得有模有样。同年小依利奶奶从老家山东济南专程来广州看望孙女,一踏进我的家门,小依利马上找来一双拖鞋给奶奶换上,让奶奶激动得不知说什么才好。

依依很善良,见什么动物都喜欢,且不准谁去伤害它。在同龄的孩子中,在哪里都成了孩子头。只要有好吃的、好玩的东西都会和人家共享;也特别守规矩,每当和她外出,一上车就叮嘱我扎安全带。2016年,当时只有7岁的她,我带她上白云山,

给她买了一个雪糕,吃完后她一直把包雪糕的纸和小木棍拿在手里,不敢丢掉,直到看见垃圾桶她才把包雪糕纸和小木棍放进去。

2018年,澳大利亚布里斯班中天寺佛诞节,要挑选一个小孩到布里斯班市区给信众布茶,只有9岁的小依利在十几个小孩中被选为中天寺佛诞节给信众泡茶的小天使。2019年中天寺举行的佛诞节布茶活动,同样由小依利出选。

美好的日子总是过得很快,2014年11月24日,小依利5岁时,女儿产下一名男婴,取名黄铂文,小名多多。说起这个小多多,还有一段鲜为人知的故事。

2003年,我女儿到澳洲读书后不久,有一天潮阳张朝坚先生来我办公室喝茶。闲谈中说起我女儿到澳大利亚读书,张先生听了大加赞赏。我随口说,女儿再好,再出色,长大也是别人的,将来我老了只能孤身一人了。张先生听后沉默不语,过了十多分钟,张先生眼睛一亮对我说:耀池兄你不必担心,将来你女儿生孩子一定有一个会姓你黄姓。我说那怎么可能?张先生说:你的命里有,信不信由你,只要你好好修行,一定会有。此事,我一直秘不示人,也从未私下与我女儿说过。直到2015年2月25日,女婿蒋臻把黄铂文的出生证办下来传送给我后,我才和家人、朋友公开了17年前张先生和我说过的话,此乃后话。

2008年9月5日,女儿和女婿在广州举行结婚典礼,当天有200多位亲朋好友参加,已故著名作家雷锋老战友、挚友张培忠,画家龚笃平、黄孟津,诗人黄柳国,林创家书记等人或作画或写诗或写对联庆贺,把婚礼办得既热闹又大气儒雅。婚礼前后持续了三个多小时,广州军区和广州空军的几个战友还不愿离去,纷纷跑来主桌和我的亲家蒋毅喝酒。我亲家蒋毅是山东省济南市人,好客喜酒,是个豪爽仗义之人,也许是喝多了酒,席间他站起来大声对我说:"大哥,我们的孩子将来要生两个孙子,争取生三个,第一个姓蒋,第二个姓黄。"我笑着和他碰了杯,没有说什么。几位战友不断给蒋毅敬酒。过了一会蒋毅又站起来,大声对我说:"大哥,我们的孩子要保证生两个,争取生三个,第一个姓蒋,第二个姓黄。"我认为亲家喝多了,坐着笑笑未予回答,在场的广空战友王春华局长马上站起来接过他的话说:"那太好了,我敬你一杯酒。"随后军体院林桂松主任也跟着敬了酒。又过了一会,蒋毅又站起来大声对我说:"大哥,我们的孩子一定要保证生两个,争取生三个,第一个姓蒋,第二个姓黄。"我见亲家蒋毅反复这么说,便站起来和他碰了杯并说:好好好!这事就听你的。我也破例满满喝了一杯酒。婚礼结束后我们大家还一起照了相。

2009年8月19日,女儿产下一女婴,消息传来我心里特别高兴,当天亲家蒋毅从山东济南打来电话说:"大哥,雪莲生孩子啦,我就优先啦,我今天心里高兴啊,今晚我要喝两杯。"

是啊！普天下的父母亲听到儿女产育的喜讯，哪一个都会高兴，都会开心。

随后，我特意请北京王一旭大师这个起名高手给这个小孙女起名叫蒋依利，小名叫依依。

2014年年初，女儿又怀孕了，亲家知道后打来电话，高兴地对我说："大哥，这回轮到你啦，你好好给这个孩子起个好名字吧。"我客气地对他说："不管姓蒋姓黄都是我们两家的子孙，我都很高兴。"

女儿生第二胎前，我曾找了张朝坚先生，要他给这个未出生的孩子选一个出生的吉日吉时（因女儿生依依是剖腹产，所以第二个孩子也只能剖腹产），张先生掐指算了一下说：11月24日上午9时至11时出生最好。我把这个吉日吉时告诉了女儿、女婿，他们都不假思索地对我说：外国人不讲这一套，那是不可能的事。后经我反复强调说，不管花多少钱、跑多少路，添多少麻烦都必须保证孩子在这个时间出生。女儿、女婿被我缠得没办法，只好说试试看吧，谁知接生的医生是个中国人，她理解中国人的习俗，同意了我们的意见，也没有花什么钱，就按时剖腹产下了孙子多多。

多多生下来那天，干旱半年多的布里斯班电闪雷鸣，下了一场大暴雨。去年（2019年）女儿说自多多出生以来，每逢生日，必有大雨，已连续五年了，此乃后话。

孙子出生后，我再次托北京王一旭大师给孙子起了个名字叫黄铂文，小名叫多多。

这个小男孩刚出生时，也像小依利小时候一样可爱，黑黑的眼珠子一闪一闪的，五官都长得很好，但长大了没有依依懂事，却比依依淘气、捣蛋，这也许是男孩子使然吧。

小多多的爱好非常像我小时候，特别爱玩水，见了水就不肯走，要玩个够；见了鱼就要抓，没有玩够不放手。我小时候特别爱吃酸，像杨梅、小杧果是非常酸的水果，一般人不敢碰，而我一次能吃十几个，多多比我还牛，青柠檬随便吃，老家的青橄榄他也吃得津津有味。

2020年元月5日晚，刚满6岁的小多多问我，姥爷你是不是老啦。我对他说，是啊，姥爷是老啦。多多说："我听说人很老很老就会死，你是不是很老了会死去啊。"我说是啊，这是自然规律。多多听后搂着我的脖子说："姥爷我不让你死去。"小小年纪已经懂得关心自己的亲人了。我听后很感动。

现在的孩子都很自我，很多父母亲对孩子说想再生一个弟弟或妹妹时，不少孩子听后都会极力反对，对父母发脾气，有的甚至会有更激进的反应。

奇怪的是依依不但不反对，反而非常乐意接受这个小弟弟，多多出生后，最高兴最忙碌的就是小依依，整天都想抱着小弟弟玩。

2017年7月的一天晚上，我像往年一样已在布里斯班女儿家里，突然外面一声巨响，把还不到三岁的小多多吓得哭了

起来，当时我坐在沙发上还没反应过来，只有8岁的小依依也不知哪来的机灵劲，迅速跑到多多身边把弟弟紧紧抱在怀里。

2017年年底，女儿带两个孩子回广州后，随即和同学到欧洲旅游，当女儿在法国巴黎和依依视频时，告诉她给依依买了礼物，依依随口就问，给弟弟买礼物了吗？平时我很少有机会和依依在一起，又特别宠爱这个小孙女，每次带她外出时，小家伙总会偷偷向我提出买块巧克力或薯片什么的，当我答应时，她一定会要求买两份留一份给弟弟。

让我感到欣慰的是，多多现在虽然只有6岁，平时不管我拿给他什么或给他吃什么，他都会说姐姐有吗？多多经常搂着我说："姥爷我爱你。"我说："姥爷也很爱你。"多多马上就说你也爱姐姐吗？每每听到这句话，我心里感到暖暖的，前人说"姐弟同心，其利断金"，很难得有这么好的姐弟，但愿这姐弟俩长大后能好好珍惜这份最珍贵的骨肉亲情。

自从依依出生后，我每年都把平时自拍的相片集合起来，编辑成台历或相册；小多多出生后，我同样把平时拍的照片和依依合在一起，制成画册，用点点滴滴记录两个孩子的美好时光和他们的成长历程，现在已经连续10年这样做了。等两个孩子长大了，我会将这份珍贵的相册分别送给孙女、孙子，我没有什么物质财富留给他们，这也算是我留给他们的一小笔精神财富吧。

父母亲对儿孙有一种本能的思念，儿孙对父母亲也有一种天然的亲近。我们亲家因种种原因，很少能见到这两个孙女孙子，特别是多多生下来后，从来没有和爷爷奶奶生活过，只是偶尔在视频上见见而已。2018年亲家来广州，刚好两个孙子也在广州，也许是血缘关系使然，多多见到爷爷没有丝毫生疏感，和爷爷又亲又闹玩了一个下午，把同行的同事晾在一边，让大家好不羡慕。

平时我问多多你最喜欢谁，多多会把全家人念一遍，从来没有漏过很少接触的远在山东济南的爷爷、奶奶。

近十年来，每年的7月底和11月底，我和儿孙无须约定，就会在这个时间段飞到对方家中和儿孙住在一起，享受人生最幸福、最珍贵的天伦之乐。

我很爱这两个孙女、孙子，只要在一起，他俩就日夜黏着我。虽然我们天各一方，无法天天在一起，但一旦闲暇，便和儿孙视频。儿孙是我的开心果，儿孙是我的希望所在，更是我的财富，我的一切！

祈愿普天下的同龄人都拥有这份财富。

2020年02月02日于羊城家中

洛阳行

2012年4月初,洛阳、新乡两战友李宗信、刘清魁多次来电,邀我等战友到洛阳观赏牡丹。经磋商,龙翚斯、黄孟津、曾达宏、谢兆环和我等5位老兵,于4月18日成行。在洛阳6天,我们先后参观了少林寺,游了龙门石窟,到国家牡丹园观赏了牡丹,到中国第一寺院祭拜佛祖,到黄河的西霞院、小浪底大坝参观水利枢纽工程等。

秀丽的洛阳山川大地,厚重的人文景观,悠久的历史积淀,灿烂的洛河文化,让我们大开眼界,大饱眼福。浓浓的战友情,让我们感到温馨愉悦,令我们流连忘返。两位老战友的热情款待、科学安排和全程陪同,以及适时指引、解释,为我们的洛阳行画上了完美的句号。

洛阳6天行,所见、所闻、所思、所想、所看颇多,及后,我陆续将这些成文,凑成"观、赏、赞、叹、瞻、游"六篇小文,以不枉此行。

洛阳行

观"庭祖"少林寺

毛主席一句"不到长城非好汉",让万里长城红遍大江南北,让全世界瞩目,比在中央电视台做十年广告还牛。1979年,电影导演张鑫炎的一部《少林寺》让全国人民都掀起武林热,向往少林寺;郑绪岚一曲《牧羊曲》让当时多少少男少女如痴如醉。少林寺也从此在国人心目中确定了武林圣地的霸主地位。一时间,小说、杂志、报刊、电影、电视上都有少林寺的身影,乃至全民掀起了崇武、习武的热潮。从电影《少林寺》上映至今,三十多年过去了,人们对少林的狂热非但没有减退,反而大有不到少林心不甘的强烈愿望。

4月18日,我们五个老兵实现了这个愿望。

少林寺,位于河南省登封市城西的少室山,建于公元496年。由于该寺建于少室山林中,故名少林。寺院规模宏大,从山门到千佛殿共七进院落,总建筑面积三万多平方米,殿内设有大雄宝殿、天王殿、地藏殿、千佛殿、白衣殿、达摩亭等建筑。这与我国内地寺院建筑风格大同小异,没什么区别。在少林寺西面的不远处,有我国现存最大的一处塔林,计230多座。据导游

介绍，这是少林寺建寺以来僧人圆寂墓地，碑塔有大有小，有高有矮，形状各异，据说是按僧人生前功德大小而定。我们一行人入乡随俗，先后参拜释迦牟尼佛，捐了香火钱。我家里收藏有两尊达摩祖师木雕，因而特地到达摩亭前给这位禅宗祖师鞠了三个躬。

为什么少林寺的知名度如此之高，少林热会持久不衰呢？我想有三个原因：

一是佛教文化历史悠久。据载，南北朝时，印度佛教曾先在此地传入中国，北魏孝文帝喜佛信佛，便在少室山为其建寺，这是中国第一座寺院。相传释迦牟尼佛的弟子达摩师祖，曾在此面壁九年，创造禅宗，弘法传教，这才有少林寺"禅宗庭祖""天下第一名刹"之桂冠。

二是历朝历代政府重视。从北魏的孝文帝颁旨建寺起，唐朝的唐高宗、武则天在位期间经常驾临该寺，封赏优厚，一时中外僧众云集，演武礼佛，僧众在2000人以上；明代，先后有8位皇子到寺内出家，多次诏令大修，使寺院的规模不断扩大；清代的康熙、雍正、乾隆祖孙三帝，更是对少林寺关爱有加，或拨款修葺，或巡游礼佛，或亲书匾额，现门额上

"少林寺"三个大字，便是清朝康熙帝所题。

三是青少年向往的爱国习武基地。由于电影《少林寺》的播放和影响，如今的少林寺，不仅是礼佛诵经的好去处，更是青少年爱国、

习武、强身的培训基地。一走进登封市地域，首先映入眼帘的是，沿途少林式武校林立。少林寺广场上，上千个青少年身穿枣红色统一制服，个个血气方刚、生龙活虎，手拿棍棒，分别在五大操场上练习各种武艺，口号声、厮杀声不绝于耳，给人一种朝气蓬勃、积极向上的感觉。其场面让你耳目一新，让人震撼！

我们被这一宏伟壮观的场面深深吸引住了。我特意走近操场与教练交谈，才知道少林寺培训基地是目前国内最大、最正规的练武、习武基地，现有师生9000余人，设有幼儿部、小学部、初中部、高中部和中专部，计划下一步发展至大专部。学校实行半军事化管理，学业除了学习国家规定的课程外，武术课程开设散打、擒拿、搏击、摔跤、硬气功等少林七十二绝艺等功夫，学制三年。近十几年来，培训基地多次代表我国到德国、奥地利、比利时、新加坡以及我国的香港、台湾等地表演、交流。并为国家体育学院、军事院校、武警部队和大型国有企业、民营企业输送了大批文武人才。

晚上我躺在床上，少林寺演练场的壮观场面又清晰地浮现在

我眼前。少林寺习武培训基地的做法很值得借鉴和推广，起码对青少年身心是一种强身健体、吃苦耐劳精神的锻炼；思想上，也是一次意志力、团队精神和执行力的培养（当然不仅仅限于让青少年习武），这比我们沿海地区时下学生早恋、泡吧、成天坐在电脑前或手捧手机在公交车上、在地铁上、在街道上、在家里忙着上网玩游戏，这种对学习无益，对身体有害的行为总要好得多吧。

一部电影，一首歌曲，影响一代人，这不足为奇。因为这部电影，这首歌曲，使如今的少林寺成了全国青少年练武、习武基地，变成一个教育大产业。少林寺等地也由此变成一个世界性的旅游景点、热点，这是导演张鑫炎当初始料不及的。我开玩笑地对孟津兄说，河南人应为张鑫炎雕塑一尊铜像，以彪炳他对河南省人民的重大贡献和历史功绩。

目前，我国共有十个少林寺。其中正宗的七个，登封、太原、蓟州、长安、和林、洛阳、泉州各一；还有福州、山东、台湾三个。而真正功夫冠于天下的，当然只有河南嵩山少林寺了。

2012年4月18日

赏国花牡丹

洛阳牡丹，久负盛名，早就闻之，在字画上也经常见过，但真正见其芳颜，是2012年的4月21日下午。

走进洛阳国家牡丹园,我们便被眼前的"花相"吸引住了:这是一个花的世界,花的海洋,一片片、一垄垄、一株株颜色各异的牡丹,生机盎然,枝繁叶茂,有的亭亭玉立,有的吐露娇蕊,有的含苞待放,有的雍容华贵,有的婀娜多姿,真是风情万种,富丽堂皇,艳冠群芳,各显风流!此等华丽,此等高贵,是其他任何鲜花所不能相媲美的。

洛阳国家牡丹园内牡丹品种繁多,有红、白、粉、黄、紫、蓝、绿、黑、多色、复色等九大色系,十种花型。五彩缤纷,花团锦簇,让人目不暇接。园内游人如鲫,有男有女,有老有少,有情侣,有夫妻,或成双成对,或成群结队,人人脸上堆满笑容。个个手捧相机争先恐后,游人有人赏花,有人赞美,有人留影纪念,有人素描写生。其赏花、赞花的盛况真叫万人空巷、空前绝后。白居易"花开花落二十日,一城之人皆若狂"想来便是当时、现在观花赏花的真实写照。

曾达宏、龙犟斯、谢兆环三位摄影发烧友进入园内后,马上摆开架势,投入紧张的拍摄中。曾达宏是全国十大杰出摄影大

师，其摄影装备高档配套，应有尽有。为了拍摄好牡丹花，还特地带上洒水罐，必要时在牡丹花上喷水，让牡丹花更加艳丽，拍出来效果更好。曾达宏由于太过投入，太过专注，以致放在背囊内的一个价值万余元的长镜头被人从后面摸走都不知道。龙翚斯是个老顽童，除了拍花，还偷拍了不少美人头！我和孟津兄对摄影有爱好不专业，看多拍少。为了学习他们的摄影技巧，我便调侃地对曾、龙、谢三人说："此次活动是集体活动，所有作品属集体财产，任何人不得私吞，回去必须共享。"

牡丹，为多年生灌木，喜凉恶热，宜燥惧湿，生长缓慢，株型小，株高0.5~2米，每年4月中旬开花，花期20天左右。现通过人工技术催花，可四季开花，达到花开花落遂人愿的程度。牡丹的经济价值一是观赏，历史上一株上品牡丹价值不菲，据说现在一株上品牡丹价值过万元；二是药用，其根"丹皮"可入药，治高血压，除伏火、清热散瘀、去痛消肿；其三是花可制成香料，泡酒，制作点心等，几乎全身都是宝。

目前，洛阳市有九个公园栽种牡丹，种植面积4000多亩，品

种1100多种，数量40多万株。洛阳的战友李宗信告诉我，洛阳这地方很怪，牡丹在洛阳就长得非常好，到了外地就会慢慢退化。而外地的牡丹，到了洛阳也会慢慢好起来。据说这是由于洛阳的土壤中富含锰、铜、锌、钼等微量元素。这叫一方水土养一方人，一方水土种一方花，他地无法企及。

牡丹作为一种花卉，能得到上至王公贵族的垂青，下至平民百姓的钟爱，以至历朝历代文人墨客的吟唱不绝。其中最为出名的当属刘禹锡的"唯有牡丹真国色，花开时节动京城"，和白居易的"家家习为俗，人人迷不悟"。

1982年9月，洛阳市人大常委会通过决议，定牡丹为洛阳"市花"，并决定每年4月15~25日举办洛阳牡丹花会节。从1983年以来，洛阳市已成功举办了29届牡丹花会节。据说最高峰时游人一天达25万人之多。牡丹为洛阳市争来了美名，也给洛阳市带来了巨大的经济效益。

2010年11月经文化部正式批准，洛阳牡丹花卉节升格为国家级花卉节，更名为"中国洛阳牡丹文化节"。

牡丹，究其历史，在我国栽培已经有一千四百多年了。据说牡丹最初不在洛阳栽种，而是在长安。相传唐朝女皇武则天，在长安城初春游上苑时，看到奇花异草甚多，但都含苞未放，非常生气，立即下了一道圣旨催花："明朝游上苑，火急报春知，花须连夜发，莫待晓风吹。"命宫人悬旨于花梢之上。第二天一早，武则天带着一班宠臣来到御花园，一看果然百花都绽开了，唯有牡丹不肯遵旨。武则天勃然大怒，立刻下旨，把牡丹赶出长安，贬到洛阳。于是园艺官便把长安城的牡丹全部移至洛阳栽种。

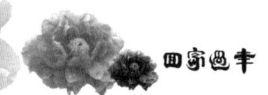

  传说可听不可信。也许是某一官员或某一文人借以喻贬、发泄对武则天独断专横的怨恨和赞赏牡丹的傲然风骨罢了。不过，倒因为这则民间传闻，从此确立了牡丹在洛阳的户籍。

  我们一行五个老兵，曾达宏是全国十大杰出摄影师之一；龙犟斯厅长虽然在摄影界没有什么头衔，但他的摄影技术一流是大家公认的；谢兆环作为业余爱好者，对摄影有一定研究，其水准近专业；黄孟津是画家，其国画牡丹，多次参展获奖。观赏牡丹期间，曾达宏说回去要出一本牡丹摄影专辑；龙犟斯说将其拍摄的牡丹，分门别类做成一个牡丹VCD碟子；黄孟津已开始他的牡丹国画创作新构思了。唯我，啥都不懂，啥都不会，只有把此次赏国花牡丹的观感记录下来，以不虚此行。

2012年4月20日

洛阳行

赞古都洛阳

洛阳和牡丹,就像孪生兄妹一样密不可分。"地因花而名,花因地而贵"。说洛阳离不开牡丹,谈牡丹离不开洛阳。

洛阳市位于河南省的西部,现辖一市八县六区,全市15208平方公里,总人口640万,市区面积544平方公里,人口138万。从史料上查考,洛阳城已有5000年的文明史,4000多年建城史和1529年建都史。

洛阳是我国八大古都之一,从东周(公元前770年)在洛阳建都起,先后有曹魏、西晋、北魏、隋(炀帝)、唐(武周)、后梁、后唐等九个朝代(105位皇帝)在此建都(另一说为十三朝),被称为九朝古都,是我中华民族的文明发源地,有着深厚的历史文化底蕴。

1923年和1939年,河南省政府二度定址洛阳,洛阳曾两次成为河南省省会。可以说,洛阳历史上的辉煌是我国乃至全世界没有一个城市能与之相媲美的。

改革开放三十多年来,我国的城市建设、城市扩展,不管沿海,还是内地,都有一个大的飞跃发展。但不少地方出现看政绩,比谁的大楼盖得高、比道路看谁的修得直、比广场看谁修得大的现象。当然这也并不完全是一件坏事,但普遍存在一个问题:新城区辉煌,老城区破烂;新城区绿树成荫,旧城区污水横流。这是一个普遍存在的现象。

这次我们的洛阳行,却让我们真切地感受到了洛阳的美,这种美是外表和内在的统一美。

踏入洛阳,第一个感觉是城市干净、整洁、美观。街道两边

楼宇高低错落有序，主街道、人行道、绿化设施布局配置合理。牡丹花是洛阳城绿化、美化的主标志，街道两旁皆是，可见洛阳牡丹名不虚传。洛阳地处中原，

城区平坦，道路笔直，也许是古都的原因，城市规划大气，街道大都南北走向，大街上干干净净。我原以为主街道才这样干净，但当我们走到小胡同、走到城郊也都一样干净、整齐、美观。街道上看不到纸屑、烟头，更见不到垃圾。这种干净整洁，广州市即便在亚运会期间也没有这样好。洛阳还有一个更突出的特点，那就是没有"小广告"。广州、深圳乃至全国各大、中、小城市，类似治疗梅毒花柳病、私人侦探、美体美容、商业招聘、刻章、致富技巧等小广告，有的贴在墙上，有的贴在路标杆上，有的贴在地面上，有的贴在立交桥面，真是琳琅满目，应有尽有。类似这些"牛皮癣"，几乎无处不有，无处不是。我特别留意洛阳城的每个角落，完全找不到这类"小广告"。这在目前城市管理中，几乎是一个例外，一个奇迹。

其次就是洛阳市的商业广告整齐统一，这在全国各个城市恐怕也是独一无二的。2012年4月21日上午，李宗信驾车带我们到

市内"跑马观花",途中路过三个专业批发市场,每一个市场,每个档口的广告招牌,其字体、规格、颜色、悬挂位置高度,全部一样,而且是所有市场都一样。还有大街的各类商业广告、宾馆牌匾也都整齐、有序、统一。这在全国其他各大城市中几乎是做不到的。我问李宗信,你们怎么管得这么好?李宗信说:其实这是一件非常简单的事,所有商业活动的营业执照都是工商部门发的,只要工商部门内部统一制订标准,统一制作就行了。

李宗信的话既让我感悟,也让我纳闷。感悟是:天下事本来都不复杂、不难做,只要职能部门认真,秉公办事,哪有办不好的事?纳闷的是:像统一商业广告这类,"一件非常简单的事",为什么我们有关职能部门就是统一不了,办不好呢?是能力渎职,还是什么?

城市建设,城市管理,是一门科学,这门科学既要懂得城市规划的专业知识,又要有超前的长远目光,更需要无私无畏的品德和胆量。我们广州城,每栋楼房的单体建设,一点都不比北京、上海差,可整体楼宇排列起来就变得杂乱无章,其中奥妙就在整体规划上出了问题。

一座城市就是一部历史,也是一张名片。城市的规划,城市的建设,城市的管理,它不仅反映这座城市的历史、政治、经济和文化,也反映这座城市管理者的责任心、能力和智慧,同时也反映这座城市的主人——广大市民的文化修养和群体素质。

洛阳OK!我们几个老兵向您致敬!

2012年4月21日

叹"黄河小、浪底大"

黄河，为我中华民族的母亲河。黄河发源于青海省青藏高原的巴颜喀拉山脉北麓的卡日曲，流经青海、四川、甘肃、宁夏、内蒙古、山西、陕西、河南、山东九个省（区）。在山东省东营市垦利县的莱州湾注入渤海，全长5464公里，是我国的第二大河流。从青藏高原至中下游的豫、鲁沿河地区，黄河共灌溉着2亿多亩耕地，滋养着1亿多人口。由于黄河中游河段流经黄土高原地区，因水土流失大，使河水变黄，故称黄河。同时由于河水含沙土量太大，下游水流变缓，大量泥沙淤积，有的河段河床高出地面农田、街道、村庄4~5米，成了悬河，每当暴雨，有的河段便决堤毁田、破屋、淹人。

千百年来，黄河不断造福两岸人民，也不断祸害两岸人民。据资料统计，从公元前602年到1938年，黄河共决口1590次，平均三年有两次决口，每百年有一次大改道。仅1938年，黄河决口改道，河水淹没淮、豫东、皖北和苏北大片土地，受灾人口达1250万，死亡人数89万。人们爱黄河，又恨黄河；人们怕黄河，又离不开黄河。

历史上，历朝历代政府均投入不少财力、物力、人力，修治黄河，终因方法、财力等问题不尽人意。

1994年，党中央国务院经多方调查论证，决定在黄河干流的最窄一段山谷——小浪底建一大堤，以彻底解决黄河下游的

洛阳行

水患。

小浪底工程于1994年9月12日正式开工,总投资34.78亿元,总工期11年。大坝于1997年11月截流,大坝长1067米,宽864米,坝顶宽15米,坝顶高程218米,填筑量达5185万立方米。总库容126.5亿立方米,总装机容量为180万KM(6台30万千瓦机组),年发电量51亿度。

我们站在大坝上观望小浪底的宏伟工程,巍峨的进水塔、壮观的出水口,在不到一平方公里范围内拥有纵横交错的108条出水洞群,使小浪底大坝具备了蓄水、防洪、防凌、发电、排沙等多项功能,将过去六十年一遇的防洪能力提高到千年一遇。可以说小浪底的建成,根治了黄河下游每年一下暴雨便洪水成灾,一不下雨便赤地千里的局面,也大大改善上游库区地理环境和生态环境。真正是一项功在当代、利在千秋的伟大工程。

我们一行七人(连同宗信、清魁)在大坝的108条洞群的出水口边上观看大坝洞群的排水,由于不是汛期,无法见到大坝排水、排沙时的壮观场面,多少让我们感到遗憾。边上一位商业摄影师听到我们的议论后,说只要每人给她20元,她便能通过电脑合成,让我们每人拥有一张排水、排沙时壮观情景的照片。曾达宏二话不说便掏出140元给她,半个小时后这位商业摄影小商人,真的给我们每人送来一张大坝排放沙、水情景时的照片,虽假犹真,我们每个人都露出满意的笑脸。

　　在我们照相的右前方,立着一块大理石碑,石碑上刻着修建小浪底工程移民搬迁和投入的人力物力,我把它记录了下来:

　　"……小浪底水利枢纽工程施工占地面积和水库淹没面积涉及河南省的洛阳、济源、三门峡和山西省的运城共4个地级市,10个县,39个乡镇,221个行政村,共移民20万人。移民项目总投资为90.3亿元人民币……"其涉及面之广,搬迁人数之多,修建时间之长,投入资金、人力、物力之巨大,令人惊叹不已。

到小浪底参观前，李宗信通过特殊关系，直接把车子开到小浪底的附坝西霞院大坝上参观（大坝两头均有武警站岗，外来人员车辆禁止通行）。西霞院水利枢纽工程作为小浪底反调节水库，建成于2004年1月10日，工期4年，总投资21.97亿元，水库容量1.62亿立方米，总装机容量14万千瓦，年平均发电量5.83亿度，共设置21孔泄洪闸。

我们专门在闸孔上停下来留影纪念，其闸孔设置简便、稳固、科学，放闸时小型船只可通过。真感叹建设者们的辛勤和聪明才智。

有一则传闻，说在论证修建小浪底工程时，水利专家对修建水闸大坝利弊等各方看法不一，双方争论不休，时任国务院总理李鹏，力排众议，支持修建。党中央决定修建后，从工程开工到竣工，李鹏总理多次深入施工现场视察、指导工作。小浪底大坝工程竣工时，李鹏总理代表党中央国务院在大坝竣工庆典大会上讲话，由于李鹏总理说话较慢，把"黄河小浪底大坝工程竣工……"念成"黄河小、浪底大……"笑话一则，无须验证。但当我们站在大坝下面，仰望大坝出水洞群和站在坝顶上，面对水库蓄水后大坝上游所形成的浩渺水面以及修建大坝耗时11年所投入的人力、财力，以及移民、搬迁等巨大工程时，确实让人感到"黄河小、浪底大"。

小浪底工程是我国治黄史上的一座丰碑，是世界水利工程史上最具挑战性的杰作，也是我国跨世纪的第二大水利工程。

李鹏在共和国总理这个位置上任职10年，其政绩、建树我无权妄加评论。但在修建小浪底工程上，他是有功劳和贡献的，从

这点看,他的历史功绩以及为小浪底工程做出贡献的党中央各部委的决策者们和修建小浪底大坝工程的建设者们将永垂青史,英名万古!

2012年4月25日

瞻第一古刹白马寺

从洛阳市驱车到白马寺只要二十分钟时间,我原以为这么出名的寺院一定藏于深山之中,不是有"深山藏古刹"之说吗?而白马寺却位于洛阳市东面九公里处的一片开阔地上,其建筑规模不算大,也没有雄伟壮观之状,甚至还比不上我们沿海地区许多寺院的规模呢。或许这就叫"山不在高,有仙则灵"吧!

在白马寺入口处我拿了参观资料,看了简介,方知道这是佛教传入中国后,兴建的第一座佛教寺院。不过我们参观少林寺时,也说少林寺是天下第一名刹。究竟谁是第一名刹?问了当地几位老者,众说纷纭。这有点像广西柳州市和桂林市争刘三姐的出生地一样说不清道不明。管他呢,"英雄不问出处"嘛。

别看白马寺貌不惊人,但它却是众多虔诚信徒和善男信女向往之地。由于有中国第一寺院的大名气,白马寺前广场上人潮涌动,慕名前来朝拜参观的人排成十几行队等待购买门票,看来旅游的人数远远多于朝拜的香客。不少导游手里拿着旗子不断在招呼游客。李宗信带着我们走"绿色通道",很容易我们便进了寺

内参观。寺庙建设几乎千佛一面,大同小异。我算是"业余"信徒,老规矩:见庙就捐,见佛就拜。寺内有一洋和尚十分引人注目,我走上前去看个详细,洋和尚约三十多岁,高鼻子、蓝眼睛,从肤色、人种上看,应该是欧洲人。这个洋和尚不简单,不仅能说一口流利的普通话,还能说白话,看来到过我国不少地方,入寺庙已有年头了,对我国的历史和佛教史一清二楚。洋和尚免费为游客讲解白马寺过去和今天,讲得头头是道,吸引了一大群信众。信仰没有国界,信佛不分人种、肤色,不分男女老少,这是佛教的魅力所在。

世界上不同种族的人,几乎都有一种与生俱来的宗教心理。在我国,除了本土宗教以外,世界上许多宗教都在不同时期传入我国,如佛教在公元67年前后便传入中国;伊斯兰教在公元651年传入中国;基督教在唐贞观年间传入中国;道教是我国的本土宗教,创建于公元142年。两千多年来,各种宗教都在我国各地落地生根，有的发展得快一些，有的发展得慢一些，但始终没有一种宗教能形成一统江山的局面，似乎各教派都在平行发展，游离在国人宗教意识的边缘。

中国人的宗教需求非常强烈，也非常奇怪。无论什么宗教都有人信，有信佛的，有信基督教的，有信真主的，也有信道教的。除此之外，还有信山神，信土地爷甚至连高山、石头、古树、江河、湖泊都有人信，有人祭拜。有的人家里供奉佛祖，供奉观音菩萨，又同时供奉关公，供奉祖宗。刚刚拜了佛祖，又去拜关公。不管什么教，什么派，什么都有人信、有人拜。我不知道这叫信仰还是盲目、迷失，抑或二者兼而有之。

什么是鬼神？鬼神是什么？鬼神就是虚拟的能力，是迷信的载体。人类对于自然的能力相对薄弱时，人们就把自然的能力当成神。随着科学的发展，随着生产能力的不断强大，神的能力就不断减弱。也就是说，人类能力越强大，神的能力也就越弱小。如果有一天人类真的发展到无所不会、无所不能，我想也就不存在什么神仙，人们或许就不会再去祭拜什么鬼神了。

什么叫佛？佛是人生的觉者。佛是已经觉悟众生，而众生是尚未觉悟的佛。佛教不是邪教，也不是迷信，是一种信仰，学佛能帮助人们树立正确的人生观、世界观和价值观。佛教提倡无欲无我，它教人宽容，教人从善，教人诸恶莫作，

其影响渗透到意识形态，包括哲学、文学艺术、音乐、雕刻、建筑、天文、医学等各个领域，这些年来，佛教在我国各地有愈来愈盛之势，几乎每个地区每年都在兴建寺庙，而且几乎是清一色的"政府搭台，企业捐款，信徒唱戏"（政府牵头给政策给土地，企业出钱，信徒出力）。据统计，目前全世界的佛教徒已达十多亿人，佛教是诸教派中最盛的一支，这说明愈来愈多的人向善、学善、守善，加入崇善的行列。

如能如此，真是南无阿弥陀佛！

2012年4月25日

游龙门石窟

古都洛阳南面有一条河流，它源自河南栾川，经嵩县、伊川后流入洛阳，再由洛阳汇入黄河，因河流上游曾是商朝宰相伊尹的出生地，故称为伊水。著名的龙门石窟就坐落在风景秀丽的伊水河畔。龙门石窟是一个大景点，分西山石窟、东山石窟、东山寺和白园四个景点。进入西山景区第一个景点便是禹王池。大禹治水三过家门而不入的故事读小学时就知道了，没想到这个遥远又感人的故事就发生在我们的眼前，我要认真详细地看看这个禹王池。沿数级石阶而上，我们便看到一方水池，面积有五六十平方米，水深不足一米，池内清泉翻涌，绿草茵茵。听导游介绍，此泉水一年四季水温都保持在25~26度。池子东面上方有一出水口，雕有一只石蛤蟆，翻腾的泉水由此飞泻而下，状若悬瀑，喷

珠溅玉。禹王池中有一石笋，高2.6米，传说这是当年大禹治水劈开龙门山所用的工具。

大禹治水的故事非常感人，但用一方水池加一条石笋来纪念大禹治水的历史功绩，其表达形式未免太简单了，看后让人有点不过瘾。

再往前走，便进入景区的核心景点——龙门石窟。石窟南北长一公里多，一个个石窟犹如蜂巢般分布在南岸的崖壁上。由于建造年代相差甚远（前后700年），各朝代统治者的重视程度不一，审美观点不一，工匠技能不一，又无法统一规划，从整体看，从远处看，整个石窟非常不雅观，有点千疮百孔的感觉，好像一幅巨大的涂鸦，杂乱无章。想不到正是这些千疮百孔的石窟，却深藏着我国古代灿烂的雕刻艺术，记载着深厚的佛教历史文化。

我们先瞻仰了潜溪寺。从禹王池依岸南行,拾石阶而上至半山腰,便到西山北端的第一个大石窟潜溪寺。潜溪寺开凿于盛唐的高宗初期(公元650—661年),距今已有1360多年的历史,因寺下泉水涌流而名"潜溪"。潜溪寺内供奉着"西方三圣",即阿弥陀佛、观世音菩萨、大势至菩萨。

阿弥陀佛叫无量寿佛,也有叫无量清净佛,是西方极乐世界的教主,佛教的创始人,能接引念佛的人前往"西方净土",所以又有人叫接引佛。观世音菩萨是一个以度活人为主,救苦救难,大慈大悲的菩萨,每当众生遭遇灾难时吟诵她的名字便能逢凶化吉,化险为夷。大势至菩萨有大威势,法力雄大,能镇妖除邪,众生遇难皆能息除。有这"西方三圣"的护佑,世人皆会平安无恙了。我双手合十,虔诚地分别站立于"三圣"面前,默念阿弥陀佛、观世音菩萨、大势至菩萨,保佑天下芸芸众生,离苦得乐。

李宗信告诉我们，从潜溪寺到南面长一公里多的石窟中分别有宾阳洞、伊阙碑、敬善寺、摩崖三佛龛、锣鼓洞、万佛洞、惠暕洞、莲花洞、普泰洞、唐字洞、魏字洞、奉先寺、药方洞、古阳洞、火烧洞、路洞、极南洞等近三十个佛龛、佛洞，里面都雕刻着佛像、佛塔、碑刻和题记，大同小异，可看可不看，但一定要去看看"奉先寺"。

我们按宗信的指引径直前往奉先寺。奉先寺是奉祀祖先的意思，是唐高宗为唐太宗追福所建造。开凿于唐咸亨三年（公元672年），该寺劈山而造，气势磅礴。其规模为龙门石窟之最，前后耗时三年九个月。听导游介绍，为了开凿奉先寺，当年武则天还专门施脂粉钱两万贯助建。

奉先寺南北宽约40米，东西深约50米，整个佛龛布局严谨，主次分明，协调合理。九尊雕像沿崖壁一字排开，主佛卢舍那至高至尊居中而坐，佛身高达17.14米，仅头部就有4米，耳长1.9米（我感觉似乎头部和上身的比例尺度被有意夸大）。"卢舍那"是佛的梵文译音（即净满的意思），佛教《华严经》中说"佛有三身"：一是法身，佛本来之身，称毗卢遮那；二是报身，是佛经过修炼而获得的"佛果"之身，称卢舍那；三是应身，是佛为"超度众生"而显现之身，称"释迦牟尼"。

"卢舍那"大佛面部圆润、饱满、清秀，姿态庄严肃穆而又敦厚睿智，他嘴角微含笑意，似乎向芸芸众生传达着慈祥和爱意，而他稍向下俯视的目光恰好与礼佛者仰视的目光交汇，令人畏而不惧、可敬可亲。传说当年"奉先寺"竣工，武则天亲率文武朝臣驾临龙门，参加"卢舍那"大佛的开光仪式。如今"奉先

寺"对面伊水东岸的"擂鼓台"便是当年武则天参加开光仪式时击鼓奏乐的地方。

这些年来,我敬佛、向佛、礼佛,参加过一些佛事活动,见过各种各样造型的佛像。而像卢舍那大佛这般技艺精湛、高超的雕刻工艺和神形兼备的形象是其他地方任何大佛都不可相媲美的。奉先寺卢舍那大佛是佛像雕刻史上的一件杰作,是石雕艺术的典范。

龙门石窟,距今已有1500多年的历史了,从北魏孝文帝开凿龙门第一座古阳洞石窟寺开始,前后历经了北魏、东魏、北周、隋、唐、五代、宋、元、明诸朝,断断续续开凿了700多年。据专家统计,龙门石窟现存窟龛12345个,佛像10万多尊,碑刻题记2800多块,佛塔60多座,为我国乃至全世界石窟之最。

从奉先寺下来,已近晌午,四个景点我们只看了一个,我埋怨三个老兵太贪心逢景必拍,拖了大家后腿。随后便问李宗信剩下哪个景点最好,李宗信说各有各的特点,很难说哪个最好。我说那就到白园吧,白居易的"离离原上草,一岁一枯荣,野火烧不尽,春风吹又生"我45年前就熟记了。在古代的文人墨客中,李白、杜甫、白居易三位诗圣几乎妇孺皆知,也最受人们敬仰。我们一行人草草用过午餐后便径直到了白园。

白园位于东山北端的琵琶峰下,墓园是一个椭圆形的土冢。周长约50米,高4米,四周长满芳草鲜花,环绕松柏。墓前立着一块3米高的墓碑,墓碑上写着"唐少傅白公墓"。我走到墓碑前恭恭敬敬向这位唐代大诗人鞠了三个躬。墓地周围竖了好几处碑刻、题记,其中有两块最为醒目:一块是白居易后代书写白居易的"离离原上草……"另一块碑刻是近年日本友人为纪念白居

易设立的,可见白居易诗作在日本影响之大。

墓园下面,建有一"白亭",在亭内小憩,伊水龙门一览无遗。亭柱上刻有一副对联,"雨添山气色,风借水精神",喻写龙门伊水风光,十分生动、贴切,美景佳句,我一下便记住了。

白居易(公元772—846年),字乐天,晚年号香山居士,享年74岁;5岁习诗,8岁识声韵,29岁考中进士,从此踏入仕途,但始终不得志;一生写了3800多首诗,流传至今的有2800多首,这在历代诗人中是很少见的。白居易诗作前期大多是反映人民疾苦、为民请命的诗作;后期隐居洛阳,大多是寄情山水、独善其身之作。

白居易虽然一生不得志,但他毕竟是封建士大夫,他隐居后仍然夜夜歌舞升平,美酒照饮,丝竹伴奏,歌妓侍奉,特别是晚年以妓乐诗酒放纵自娱,或郊游泛舟,或饮酒吟诗,或操琴作乐;其与酒有关的诗作有800多首,蓄妓十几个,其中最出名的两位叫樊素和小蛮。"樊素善歌,小蛮善舞",白居易写诗戏称:樱桃樊素口,杨柳小蛮腰。

我想,广州市标"小蛮腰"的命名很可能是从白居易那里学来的。

2012年4月28日

普陀山朝拜之一

每年的农历六月十九日,是大慈大悲观世音菩萨的成道日。

我和李世昌、林来喜等七位朋友结伴同行,与广大信众一样前往朝拜。2012年8月5日中午13时许当我们到达普陀山时,整个普陀山已经沸腾了起来,大街小巷、宾馆、商铺、寺庙都挤满了从全国各地前来朝拜的信众,住房由原来的每晚每间标准房280元高涨至1200多元。前来朝拜的四方信众,有男有女,有老有少,有"专业"的,更多的是"业余"的,但不管专业还是业余,大家都怀着一颗虔诚的心,赶来完成一宗共同心愿:拜佛、祈福。

按惯例习俗,朝拜观音菩萨给观世音菩萨上香顶礼是农历六月十九日凌晨子时。从农历六月十八日下午6时起,广大信众就

开始从四面八方聚集到普济寺的周围,人人手捧香火,有的还购买水果、鲜花,虔诚地等待次日子时给观音菩萨上香。

据寺庙住持称,今年(2012年)朝拜观音菩萨因受台风"海葵"的影响,只有6万多人(往年在8万人以上)。虽然人数没有往年多,却更见来者心诚。

从2008年开始,我已经第4次到普陀山来朝拜观世音菩萨了。晚上八时,我们一行八位,也和广大信众一样来到了普济寺门口,这时的普济寺早已人头攒动,到处人山人海。为了让广大信众有序上香,寺庙增派了几名志愿者帮助维持秩序,并用镀锌管把寺庙门口隔成一行行,大家自觉排队依次进入。虽然没有警察到场,但进场秩序井然,可见上香者都是善良、规矩之人,更见佛祖、观世音菩萨的佛法无边。

2019年农历正月十九凌晨,大家依次前往观世音菩萨大殿门前上香,轮到我上香时,我以虔诚的心祈求观世音菩萨保佑天下苍生万物生灵无灾无难,和谐相处,保佑天下好人一生健康平安,也祈求观世音菩萨大发慈悲,赐予我女儿雪莲健康平安幸福,以继香火。祈毕我到大殿右侧捐了香火钱,随后又分别到普贤菩萨、文殊菩萨、地藏菩萨、药师佛菩萨等前一一朝拜上香。

就在我们朝拜观世音菩萨时,超级台风"海葵"(据气象台告知,台风强度达15级)已经在普陀山沿海登陆,我们住宿的宾馆早已做好抗击强台风的一切准备,一早就在门口处堆放沙包,加固门窗。大家在睡梦中多次被狂风暴雨所惊醒。天亮后,我们被告知由于台风"海葵"强度太大,所有轮渡停开、飞机停航,把前来朝拜的几万名信众困在岛上。大家在不安中等待"海葵"

的到来，在焦急中期盼"海葵"尽快过去，恢复轮渡、航班。

由于台风强度前所未有，当地供电部门为保证老百姓安全，采取拉闸停电，所有宾馆和公共场所都没电，宾馆看不了电视，信众有的睡觉，有的聊天，有的打牌，谁都不敢到户外活动。我想与其在宾馆内焦急等待，倒不如到普济寺参禅拜佛，于是我一个人穿了短外裤，光着脚丫跑到外面商店购买了雨衣和拖鞋，顶着狂风暴雨去普济寺。这时已经是下午4：30，恰逢普济寺做下午课的时间。由于风雨太大，只有十六位信众和七八十个和尚参加做下午课，我未经思考便自动参加了下午课活动。

参加下午课活动的和尚和信众分别站立在普济寺大殿两边，面朝观世音菩萨，由一名和尚领头诵唱佛经，大家跟着诵唱，中间两次下跪，两次围绕大殿绕圈，前后约一小时。

我平生第一次参加这项活动，不懂得这方面的常识和规矩。便站在队伍的最后面，大家齐齐下跪，向佛顶礼，我也跟着大家下跪，低头向佛叩拜。和尚们念起佛经来轻车熟路，抑扬顿挫，朗朗上口。韵律有序的诵经声配上梵音，听起来十分虔诚悦耳，我没有"手册"（和尚们每两人一册），又没有诵唱过，几乎完全不知道大家在念什么，唱什么。唯一听得明白的是"南无阿弥陀佛"。可是此情此景，言语和"手册"都不重要，唱什么、听不听得明白对我也无关紧要，重要的是我参与了、融入了。听着大家的诵唱和悦耳的梵音，我心里一片庄严、宁静、融和。梵音像一股暖流缓缓注入我的心田。

每一次念经之后，所有参拜者都要长时间地绕着佛殿反复转圈。我走在队伍的最后面，两眼低垂，双手合十，跟随在大家后

面慢慢移动脚步,跟着大家诵念"南无阿弥陀佛"。绕佛的队伍像一条褐色的长龙,蜿蜒在佛殿前后,在跪垫之间慢慢流动,首尾相接。

台风"海葵"像一匹脱缰的野马,肆无忌惮地吹打着普陀山的万物生灵,郁郁葱葱的树木花草被折断、被连根拔起,普济寺两扇大门不时被狂风吹打得咣啷作响,大家却心情淡定、神情专注,只顾低头诵经拜佛,寺内一派安宁、圆融,任凭外面狂风大雨,似乎寺外什么也没有发生。

绕佛后又是长时间的跪拜,我只穿了外短裤,身上又穿着雨衣,光着膝盖跪在花岗岩地板上显得与其他信众不同。寺庙和尚和一位"专业"信众看我这么虔诚,两次给我送来跪垫,均被我婉言谢绝,等到做完下午课时,我的两腿麻木几乎无法站立,两个膝盖一片紫红。

一个小时的下午课让我感受到佛寺的清净、庄严和功课的殊胜。它给了我心灵上一次洗礼,给我精神上一次升华,有一种说不出的愉悦和宁静,内心洁净无比,犹如享受了一顿精神大餐。

世界三大宗教,在我国影响最大的当属佛教。佛教诸神,在我国影响最大的当属观世音菩萨。观音、观世音、观音菩萨,无论你怎么称呼,它已经不仅仅是一个名称存在着,而是作为一种宗教文化现象存在着。它的存在,历史悠久,层面广泛,影响深远。超越了国界,超越了阶级,超越了种族,超越了职业,超越了年龄,上至达官贵人,下至平民百姓,几乎无人不知,无人不晓,无人不信,这就是观世音现象。

大凡一种文化现象,能够深深地植根于民心而历久不衰,一

普陀山朝拜之一

定有其丰富内涵和浓厚的文化底蕴。

佛,教人向善、守善、行善,这是佛教的灵魂和宗旨。也是两千多年来佛教能够在我国民间不断传播、不断扩大、不断延续的根本,更是观世音菩萨特有的巨大魅力所在。

如果条件允许,来年我将会继续参加"观音诞",也会继续参加做"下午课"。说到这里,我还要再念一句:南无观世音菩萨!

2012年8月12日

普陀山朝拜之二

时光如梭,转眼又到了一年一度的"观音诞"朝拜日,去年(2012年)"观音诞"一起结伴同行的朋友李世昌、林来喜夫妻等人,今年仍一同前往。我原想眼下经济这么萧条,也许今年就没有往年热闹了,没想到当2013年7月24日下午,当我们一行七人到达宁波机场后才想起订房住宿事宜,才发现已是一房难求,后经多方联系,我们选择入住普陀山大酒店,当我们办理入住登记时,前台小姐告诉我们,今晚标间房价800元,明晚房价1380元,并且只能给我们住一个晚上,明晚的房间早就被人预订了。住房这种"盛况"反映出经济的"萧条"并未阻止信众的巨大热情。

按习俗,朝拜观世音菩萨是农历六月十九日子时。早饭后,我们一行人先到普济寺附近溜达,没想到早上的普济寺早已人潮涌动。上香、观光、购买佛教纪念品的信徒们装满了普济寺附近的大街小巷。

我们也随人流进入普济寺,并先后向观世音菩萨、文殊菩萨、普贤菩萨、地藏菩萨等一一上香朝拜,并捐了香火钱。

普陀山朝拜之二

今年朝拜观世音菩萨的特点与往年不同,往年的朝拜高峰期主要在晚上12点至凌晨1点,而这一次从农历六月十八日上午至晚上通宵乃至第二天一天,几乎都一直处于高潮之中。我不知道这个"观音诞"到底有多少人参加朝拜,但有一点是肯定的,人不但不比往年少,还比往年多。

去年农历六月十九下午,我曾到普济寺参加"下午课"拜佛诵经活动,并许愿今年也参加"下午课",所以今年比往年提前一天到普陀山,当我到普济寺想参加"下午课"时,才知道今年的"早课、上午课、下午课"和"晚课"早已被朝圣的信徒预约了。没有预约,是不准许参加的。去年我能参加"下午课"是因特大台风"海葵"的缘由。

这次到普陀山拜观音,有两件事让我感动、感慨。

第一件事是7月25日(农历六月十八)上午我们到普济寺进香时,见到一对上了年纪的男女,手提行李正一瘸一拐艰难地往普济寺方向挪走。同行的林来喜爱人和另一女士,便上前帮助他们拿行李,经交谈才知道,这不是一对夫妇,而是河南周口两个同村的邻居,为了拜佛而结伴同行。男的68岁,患脑血栓,留下后遗症,走路非常困难;女的73岁,也患有高血压等多种疾病。两人先上九华山朝拜地藏菩萨,后又转来普陀山朝拜观音菩萨。来喜爱人问他们住哪里,他们说住房太贵住不起,到普济寺走廊过夜就行。

离开两位老人后,我心里一直在想,两位老人身体这么差,行走极不方便,路途这么遥远,他们又都很贫穷,是什么力量使他们不畏艰难困苦,千里迢迢从河南到安徽九华山,又从九华

山到普陀山,他们沿途怎么生活,这近千公里的路是怎么走过来的?

第二件事是同行的老乡林来喜是个事业成功人士,且家庭美满幸福,今年来朝拜观音带着妻子和三个女儿一起来的。我们到达普陀山第二天中午吃饭时,林来喜从手提包里拿出一瓶乌豆(即用黑豆煮盐水、烤干)和一小瓶萝卜干,吃饭时夫妻俩不吃肉,不吃海鲜,只用乌豆和咸萝卜干下饭。

林来喜爱人告诉我,林来喜非常虔诚,从农历六月十五起就开始吃斋,每天吃斋拜佛。虽然家里很富有,但平时夫妻俩节衣缩食,经常接济一些需要帮助的人。

林来喜对孩子管教很严,经常送孩子到学校、街道做义工,做好事。我见过林来喜的儿子,其勤勉、懂事、敬业,一点也没有富家子弟那懒惰、傲慢、张扬之风。

近些年来,林来喜夫妇每年"观音诞"都到普陀山朝拜,虽然对自己很节俭,但每次捐款都在万元以上,并经常参加一些社会公益活动。

自从2008年女儿结婚以后,我前后参加过九次"观音诞"活动。因职业原因,还先后参加过阳山县"北山古寺"、萝岗区"华峰寺"、增城市九龙镇"武台寺"、增城市雁塔寺"观音殿"、增城市正果镇的正果寺"舍利塔"、海珠区"海幢寺"等寺庙建设。我本心善,这些年"近朱者赤",慢慢地把吃斋拜佛养成了一种习惯,又慢慢地变成一种自觉的行动。

公元67年,佛教传入中原,尔后不断在全国各地发扬光大。在诸教中(基督教、伊斯兰教、道教等)尤以佛教寺庙最多,信众最多、香火最旺。据统计，目前我国有佛教寺庙9500多座，佛信众达1.85亿，且信众还在逐年递增。全球佛教徒更是达8亿之多。

在拜佛的信众中，有官员、有商贾、有庶民、有大儒，也有目不识丁的老妇；有男人、有女人、有中年、有青年、有小童，更多的是中、老年人。大家千里迢迢，从全国各地跑到普陀山拜佛求祖什么呢？我想无非是官员求晋升，商贾求发财，老年人求平安，中年人求事业，年青人求婚姻，学生求前程，不一而足吧。会不会有贪官求不被纪委查办？小偷求不被警察抓获，我不得而知！

佛不是宗教，佛祖不是神明，佛教是一种信仰。佛祖不可能万能，更不可能有求必应。再说你坏了心，干了坏事，拜佛又有何用？

佛教人诸恶莫作，众善奉行，善以律己，宽以待人，与人为善，多做善事、好事，这是佛教的精髓。佛教有句非常经典的话叫："人为善福虽未至祸已远离，人为恶祸虽未至福已远离。"这是一句充满正能量、充满哲理的话，明白这个道理，你就能不急不躁，不争不求，你的心境就会静气平和，你的心情就会愉悦开朗，身体就健康；明白这个道理你就能不贪、不占、不拿。你不贪、不占、不拿，你就没有是非，没有祸害。人的一生，如果没病没痛没灾没难，身体健康平安那就是人生最大的幸福了！明白这个道理，你就要一生做好事，做善事，一生做好人，不存贪念和非分之心。

佛是觉悟了的人，人是未觉悟的佛。学佛在修行，修行在

修心。三国刘备有一句名言"勿因善小而不为,勿因恶小而为之"。

　　真正学佛,就得从自己做起,从小事做起,多做善事,多做有益社会、有益众生的好事。大家都觉悟了,大家都能成佛,心诚了佛祖就会保佑你,而这个佛祖就是你自己!

写于2015年9月29日

　　注:"观音诞"意即观世音菩萨出生的日子。观音菩萨有三个生日,分别是农历二月十九、六月十九和九月十九。农历二月十九是她出生的生日;农历六月十九是她证得果位的成道日;九月十九日是她出家的日子。信众通常都在观音菩萨成道日,即六月十九观音诞前往普陀山朝拜。

新马泰行记

到新加坡、马来西亚、泰国旅游，是20世纪改革开放后沿海地区游客的首选，不少地方官员和老板动不动就到新、马、泰旅游。改革开放三十年后，大家的生活富有了，档次上升了，胃口也大了，要求更高了，对到新、马、泰旅游，已经不屑一顾了。我认识一名地方干部，他说已游了全世界近五十个国家，什么美国、欧洲、南非早已游遍，现计划到北极了。难怪广州市某区委书记听说我要去新、马游，显得惊讶不信的样子，甚至问我这些年跑哪里去了？其实对我们这些职业军人来说，能到新、马、泰走走，已经是很了不起了，殊不知95%以上的军队干部是无法迈出国门的，这就是军、地干部之差别。

2012年10月7日至12日，时值国庆、中秋长假，两年前我曾去了一趟泰国，所以这次只报了新、马游，算是补课和圆梦。五天的新、马游，在马来西亚两天，观看了"三保庙"、马六甲海峡和清真寺等；新加坡两天，游览了市容和一些景观；回到香港住了一个晚上、一个白天。回来后，把这趟行程中看到、闻到、想到的记录成文，聊作纪念。

瞻仰"三保庙"

中国的历史名人像满天星,数也数不尽,郑和便是这群璀璨明星中的一颗。郑和是一位伟大的航海家、外交家,是我国历史上独一无二、在世界历史上也是前无古人的航海英雄。

1405年6月,年仅34岁的郑和率领明朝官兵2.7万多人乘62艘宝船,从苏州刘家港出发经长江进入东海,然后调头南下过台湾海峡进入南海,先后出访了越南、印度尼西亚、印度、斯里兰卡等国,于1407年6月回到京都南京,历时两年整。

继第一次出使南洋后,郑和又分别于1407年10月、1409年10月、1413年11月、1417年6月、1421年10月、1431年1月共7次率领当时世界上最大的船队开始了世界上史无前例的海上丝绸之路。船队先后到达越南、马来西亚、柬埔寨、泰国、马六甲、加里曼丹、印度、锡兰、索马里、孟加拉国等三十多个国家和地区。下西洋的船队满载着丝绸、绢丝、布匹、瓷器、书籍、金银、铁器、种子等物品同各国进行易货贸易,通过贸易与南洋诸国互相增进了了解,也促进了各国的经济文化和科学技术的发展。船队所到之

处,均受到了所到国的热烈欢迎,也为我中华民族扬了国威。

郑和1433年病逝在最后一次航海归途中,当时欧洲的哥伦布还没出生,可是派遣郑和下西洋的永乐大帝朱棣一死,明清两代的封建王朝一步步走向闭关锁国,中国也从此远离了世界潮流,一步步走向衰落。郑和死后的半个世纪,意大利的哥伦布才开始他的第一次航海,从此开辟了西方的航海时代,拉开了西方列强对外侵略的序幕。从此西方列强的海盗船和坚船利炮纷纷驶向亚洲,驶向世界各地,世界也从此失去安宁。亚洲的不少民族、国家,从此更是饱受列强侵略和殖民统治之苦。

早在学生时代,我就从课本中知晓了郑和下西洋的故事,也从此深深敬仰这位大航海家。十多年前,我曾听说马来西亚的马六甲市有一个纪念郑和的"三保庙",这些年来脑子里总惦记着这件事。这次参加新、马游,便有看看"三保庙"这个动因。

马六甲市是马来西亚一个小城镇式的港口小城市,市内有一条内陆小河注入马六甲海峡,马六甲市就建在这条河的出口处。据导游介绍,"三保山"是因郑和而得名。郑和史称"三保太监",1406年郑和的远洋船队途经马六甲时,船队的士兵曾上岸驻扎在这座山上,因纪律严明,秋毫无犯,给当地人民留下深刻印象，后人为了纪念郑和，将此山称为"三保山"。1795年旅马华侨为了纪念郑和，又在这座山的山脚下，建了一座"三保庙"。

我们的旅游大巴一直开到"三保庙"边上停下来。我不远万里，怀着十分敬仰的心情踏进庙门，可庙堂上没有郑和的像，倒是在进门的左边墙根放着一尊不足1.5米高的郑和石像，石像上头没遮没挡，任凭风吹雨打太阳晒。我马上掏出照相机把石像拍下来，并在石像傍和这位伟人一起照了相，以表达对其敬重之情。

对于"三保庙"中没有供奉郑和像，我百思不得其解，明明建的是纪念郑和的"三保庙"，为什么不将郑和供奉正堂之上，却将郑和放于墙根之下？我立即找导游问个究竟，导游是个马籍华人第三代的小青年，虽然会讲普通话，却不懂历史和政治，说了半天也说不出个所以然。我私下揣摩：我们

把郑和称作大航海家，是中、马的友好使者，是我们中华民族的光荣和骄傲，可当地的马族人也许不这样看，他们认为郑和当年开来的是"兵船"，来者不善。不大愿意供奉郑和。特别是近些年来，东南亚人看到中国强大起来了，一直在叫嚷"中国威胁

论",提防中国"南下"。据导游介绍,目前马来西亚华人占马来西亚总人口的20%,且绝大多数是商人;新加坡华人更是占到75%,从政、从商的华人占有绝对的优势。也就是说,新、马两国的经济命脉绝大多数控制在华人手中。鉴于上述情况,郑和在马来西亚有如此地盘,给了如此的地位已经算是很不错了,郑和像被安放在墙根下也算可以理解了。

让人意想不到的是,新加坡建有一座现代的海事博物馆,用动画和实物组成的形式,专门展示郑和下西洋的一些趣闻逸事,甚为逼真,吸引了很多游人参观,可见郑和历史上在东南亚影响之大。

回国这些天来,我心里一直犯嘀咕,两个东南亚小国都建有郑和的纪念寺庙和博物馆(虽然不太像样,但总归是为纪念郑和修建的),而我们每当提起郑和下西洋,国人都津津乐道、引以为荣,但我们国内却连一处"不太像样"的郑和纪念场所也没有!

2012年10月18日

眺望马六甲海峡

因为职业军人的原因,我时常关注军事政治。自从1998年4月澳门"创律公司"购买了乌克兰的空壳航母"瓦良格"后,由于美国的干扰,土耳其政府不让这艘空壳的航母通过博斯普鲁斯

海峡,"瓦良格"被困在黑海长达506天,直至2001年7月在我国政府出面交涉下,土耳其政府才于2001年11月份同意放行。"瓦良格"在挪威拖轮的牵引下,从地中海经马耳他、西西里岛、直布罗陀海峡,出大西洋,一路南下沿马德拉岛、加那利群岛、佛得角群岛、圣多美岛、安诺本岛、南非好望角、马普托、印度洋、毛里求斯的路易港、格雷特海峡、马六甲海峡、南沙群岛、台湾海峡,最终于2002年3月3日才到大连港,全程15200海里,历时123天。

从瓦良格被困在黑海那个时候起,我便格外注意世界上的每一个海峡。

这次到新加坡、马来西亚旅游,我就特别想好好看看马六甲海峡。

马六甲海峡位于马来半岛与印度尼西亚苏门答腊之间,全长1080公里,西北部最宽处370公里,东南部最窄处只有37公里,水深25~150米。马六甲海峡是连接沟通太平洋与印度洋的重要国际水道,是欧、亚、澳、非洲之间的海运通道。每年平均约有10万艘以上货船,经过马六甲海峡。我在新加坡的摩天轮上眺望马六甲海峡的入口处,一艘艘满载货物的巨轮就像我国深圳皇岗口岸上的一辆辆集装箱大货车一样排着队等待通过马六甲海峡。其场面非常壮观,不愧是世界上最繁忙的海峡之一。

海峡即海上通道。峡为两山夹水之称。通道狭窄,则凭险可守,凭险可扼,凭险可断。谁拥有海峡,谁就拥有海上战略主动权。大凡海峡,历来都是是非之地,多事之地,兵家必争之地。

历史上的马六甲海峡也从未平静过,从16世纪起,欧洲的几个老牌殖民主义国家,先是葡萄牙,继而荷兰、英国,随后日本,都侵占过马来西亚,控制过马六甲海峡。马六甲市内有一个小广场,广场上有一

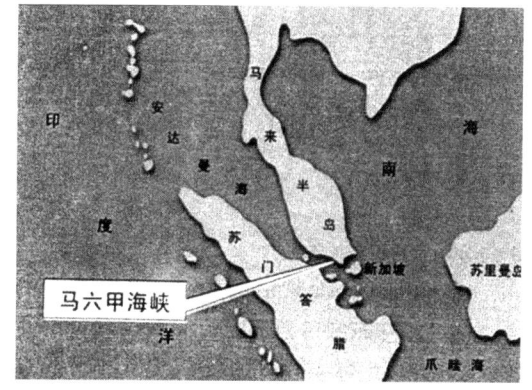

座红色尖顶的老建筑,过去300多年来这里一直是殖民者的办事机关,现在已改成马六甲博物馆。在博物馆的左侧,有一座葡萄牙人于1753年建造的教堂,据导游介绍,这是欧洲人在东南亚最早建造的教堂。也就是说,从16世纪开始马来西亚就先后被葡萄牙、荷兰、英国、日本等统治了300多年,直到1957年8月31日马来西亚独立。

饶有讽刺意味的是,教堂钟楼边上放着一门大炮,宗教和大炮,这是当年殖民统治者用来统治殖民地人民两件最好的武器,也是殖民统治者们几百年来统治东南亚国家的一个历史见证。

当今世界,国家的现代化建设需要消耗大量石油,世界油库都在中东。过去我们提到马六甲海峡时,总以局外人的口气,说日本的能源来自中东,油轮都要经过马六甲海峡,一旦有战争,马六甲海峡被卡住,日本的经济就会马上瘫痪。但近年来却发现,马六甲海峡也同样与我国经济发展息息相关。我仔细查阅了有关资料,我国每年石油进口,其中45.4%来自中东,28.7%来自非洲,11.5%来自亚太地区。而从中东和非洲进口的原油都必

须经过马六甲海峡，亚太地区也有部分进口原油必须经过马六甲海峡，并且以每年3000万吨的数量递增。也就是说，我国现在的石油进口运输也像日本一样必须依赖、经过马六甲海峡。

目前每天经过马六甲海峡的船只有60%是中国的货轮，其中80%是油轮，马六甲海峡已经成了我国石油进口运输名副其实的"华山一条路"。谁要是控制了马六甲海峡，谁就等于扼住了我国的经济命脉！

美国海洋战略理论家阿尔弗雷德·塞耶·马汉，早在19世纪初就提出了"谁拥有了海洋，谁就拥有了世界，得海权者得天下"的著名论断。在阿尔弗雷德·塞耶·马汉海权战略思想的影响下，19世纪的最后10年，美国的海军实力由全世界的第12位跃升为第3位；第一次世界大战后，美国更是成为世界上最强大的海权国家；第二次世界大战后，美国完全控制了太平洋，把太平洋变成了自己的"内湖"。目前美国在海外有700多个军事基地，4个作战舰队，十几个航空母舰战斗群，各类型舰艇数千艘。可以说：全世界绝大多数海港都成了美国的军港；全世界绝大多数海港，都有美国的军舰停靠；全世界各大洋都有美国的军舰在游弋；全世界任何一个角落，美国的军舰在10个小时内都能到达。

纵观我国的历史，侵略我国的外敌几乎都是从海上入侵的，比如荷兰于1624年、西班牙于1626年分别入侵台湾，两个西方小国就是从海上入侵了我国的台湾岛。开了外敌侵占中国领土的先河。

从1840年以来，英、法等西方列强，连续发动了侵略中国的

战争、鸦片战争、中法战争、甲午战争、八国联军侵华战争等无一不是通过海上入侵的。从1840年的鸦片战争到1949年中华人民共和国成立这109年间，中华民族遭受外来海上侵略多达470次。

同那边的博斯普鲁斯海峡一样，这边的马六甲海峡也在提醒我们，中国既然要立志走向世界，要融入世界经济一体化，那就必须了解，在通往世界各地海路上，有些地方是要通过人家控制的海峡。

我国拥有300万平方公里的海洋国土（约占总面积的三分之一），守卫责任重大。中国崛起，要实现民族的复兴，必须打开自己的海上通道，必须实现对海洋的有效控制。强军才能强国，强军方能卫国。

2012年10月25日

三亚行

2016年冬，我专程去三亚看望我们公司的创始人、老朋友傅仁章先生。三亚市人口50万，近几年冬春季节国内外来此避寒的人，也有近50万人。

2016年冬于三亚和傅仁章合影

三亚市有大小洞天、南山文化旅游区、天涯海角4A级、亚龙湾、亚龙湾蝴蝶谷、蜈支洲岛、鹿回头山顶公园等众多景点。

这些景点仅听名字就会让你遐想连篇,一旦到了实地更会让你流连忘返。

游天涯海角

天涯海角游览区,位于海南省三亚市天涯区,距主城区西南约23公里处,背对马岭山,面向茫茫大海,是海南建省20年第一旅游名胜,新中国成立60周年海南第一旅游品牌,国家AAAA级旅游景区。景区海湾沙滩上大小磐石耸立,"天涯石""海角石""日月石""南天一柱"突兀其间,沙滩上大小百块垒石耸立,上有众多石刻。

勒石镌字"海判南天",是清代雍正年间崖州州守程哲所书,这是"天涯海角"最早的石刻。

清康熙五十三年(1714年),三位钦天监钦差奉康熙皇帝谕

旨在下马岭海边题刻"海判南天"石刻,以此为中国疆域的天地分界处。南天指的是太阳所行区域,"判"是一剖两半之意,"海"则指南海。"海判南天"综合起来的意思就是:"南海"在"海判南天"处分为"天南海北"。在此石刻的东南面,还有另外一块剖石,代表三亚冬至日的正午太阳高度。而"海判南天"石刻则代表这里的北极高度。

清雍正年间(1727年),崖州知州程哲在天涯湾的一块海滨巨石上题刻了"天涯"二字。民国抗战时期,琼崖守备司令王毅又在相邻的巨石上题写了"海角"二字。1961年,郭沫若在"天涯"石的另一侧题写了"天涯海角游览区"七个大字。至此,由两处刻石的名字构成天涯湾畔的这片滨海地带便成了名副其实的"天涯海角"。

"进步石"与"平安石"毗邻。抬头望去,"进步石"由上百块形态各异的巨石垒叠在一起,自下往上排

列,循序渐进。拾阶登高,步步高升,登顶远望海阔天空,环望天际,笑傲南海。"进步"石寓意学业不断进步,事业蒸蒸日上。1733年(清雍正年间)传说崖州七品知州程哲题刻"天涯"二字后,登上"进步石",不久即官位连升三级。

"爱情石"坐落在天涯海角大门正对面的海上,两块石头像

"日""月"重叠交叉,心心相印,日月相伴,朝暮相随。它与前方爱情广场上的天涯海角遥相辉映,集日月之精华、天地之灵气,演绎着陪你到天涯海角,爱你到海枯石烂的浪漫爱情故事。

"财富石"即"南天一柱"石,耸立在海天之间,顶天立地,充满财富和阳刚之气,其石景被印在第四套人民币二元面值纸币的背面。相传"财富石"有化腐朽为神奇的灵气。传说香港一富商败落后浪迹天涯,与"财富石"亲密接触后,回到香港重振了事业。因此,"财富石"被当地老百姓和游客们视为财富之石。

"幸运石"即"海角石"。1938年11月,指挥海南岛抗战的最高军事和行政长官——琼崖守备司令王毅在天涯海角的这块临崖绝壁上题写了"海角"二字,意欲与日本侵略者背水一战、绝处逢生。经过八年抗战,王毅作为海南岛的受降将军接受日本投降。故海角石又称"幸运石"。

"平安石"又称"天涯石",它四平八稳,雄峙南海之滨,天涯石经历着风雨和海浪的考验,它依然坚如磐石,笑傲于蓝天白云之下。相传它是南海上亿年"石祖",被佛祖派往镇守南海,祈求南海风平浪静,保佑众生四季平安。现在每年都有来自

五湖四海成千上百万的游客在"平安石"前照相留影祈求平安。

《三亚人》浮雕表现的是一万一千多年前,"三亚人"渔猎、采集、农桑、宗教的原始生活场景。1992和1993年,考古专家们在三亚落笔洞经过两次挖掘,发现了人类活动遗迹,这是迄今为止我国旧石器文化分布最南的一处遗址。中国科学院将这些三亚地区最早的先民命名为"三亚人"。为纪念"三亚人"这一重大考古发现,艺术家以"三亚人"为题,创作了这块浮雕。

天涯海角的"天涯"和"海角"这两块大石头也是有来历的,传说一对热恋的男女分别来自两个有世仇的家族,他们的爱情遭到各自族人的反对,于是被迫逃到此地双双跳进大海,化成两块巨石,永远相对。后人为纪念他们的坚贞爱情,刻下"天涯""海角"的字样,后来男女恋爱常以"天涯海角永远相随"来表明自己的心迹。

"南天一柱"石则来源于一则神话故事,相传很久以前,陵水黎安海域一带恶浪翻天,人民生活困苦。王母娘娘手下的两位仙女知道后偷偷下凡,立身于南海中,为当地渔家指航打鱼。王母娘娘恼怒,派雷公雷母抓她们回去,二人不肯,化为双峰石,劈为两截,一截掉在黎安的海中,一截飞到天涯之旁,成为"南天一柱"。

中国的文化博大精深,原本的一块块坚硬冰冷没有生命的石头,经名人点化又编织了一些美丽的传说,一个个成了神形兼备的神石、圣石,成了平安吉祥的符号,成了人们祈求美好、幸福、安康的载体。

美哉,天涯海角!

"鹿回头"的美丽爱情传说

"鹿回头"代表着一个海南黎族民间的美丽爱情故事：传说古代一位英俊的黎族青年猎手，头束红巾，手持弓箭，从五指山翻越九十九座山，涉过九十九条河，紧紧追赶着一只坡鹿来到南海之滨。前面山崖之下便是无路可走的茫茫大海，那只坡鹿突然停步，站在山崖处回过头来，鹿的目光清澈而美丽，凄艳而动情。青年猎手正准备张弓搭箭的手木然放下。忽见火光一闪，烟雾腾空，坡鹿回过头变成一位美丽的黎族少女，两人遂相爱结为夫妻并定居下来，此山因而被称为"鹿回头"。根据这个美丽爱情故事而建造的海南全岛最高雕塑《鹿回头》

已成为三亚的城雕，三亚市也因此得名"鹿城"。

鹿回头公园位于三亚市区东南鹿回头半岛上，三面环海，以"爱情文化"为主题定位，素有"南海情山"的美誉。三亚"鹿回头"与云南"阿诗玛"、广西"刘三姐"并称为中国少数民族三大爱情传说。

　　鹿回头公园内情爱文化景点错落有致，主景点《鹿回头》雕塑就是根据海南黎族这个美丽的爱情传说而建造。雕塑高15米，是海南全岛最高雕塑，并成为三亚市的城雕，三亚因此被称为"鹿城"。其他情爱文化景点还有"爱"字摩崖石刻、"永结同心"台、"连心锁"、"夫妻树"、"仙鹿树"、"海枯不烂石"、"月老"雕像、"爱心永恒"石刻等。每年天涯海角国际婚庆节期间，众多情侣必定会来到这里海誓山盟，情定终身，永结秦晋。

　　鹿回头还是著名的"黎族圣山"和"生态之山"。公园开辟有黎族民俗文化长廊、黎族村寨风格的"玫瑰抱"和黎族歌舞表演场，以及"丰收图"等黎族图腾石刻，展示黎族人民多姿多彩的风土人情。公园同时也是三亚市区热带植被和生态保护最好的地点之一，有数十种珍稀保护动物和500多种植物，包括100多种国家及省级保护植物生长在其间。

　　作为海南唯一的山顶公园，鹿回头公园还是登高望海和观赏南国海滨城市景色的最佳地点，山上艺术夜景灯光系统的开放，

又使其倍添迷人风采。白天,放眼望去,山、河、城、海浑然一体,大海长空一色;入夜,山下万家灯火,山上玉树琼花,夜空五彩斑斓,水面波光粼粼,梦幻如诗般醉人。

"鹿回头山崖的前方有'天涯海角',再前方就是茫茫的大海。人们知道,尽管南方海域中还有一些零星的岛屿,就整块大陆地而言那儿恰恰是中华大地的南端,于是那儿也便成了民族真正的天涯海角。既然如此,那头鹿的回头也就非同小可了。中国的帝王面南而坐,中国的民居朝南而筑,中国发明的指南针永远神奇地指向南方,中国大地上无数石狮、铁牛、铜马、陶俑也都面对南方站立着或匍匐着,这种目光穿越群山、越过江湖,全都迷迷茫茫地探询着碧天南海,探询着一种宏大的社会心理走向的终点,一种绵延千年的争斗和向往的极限,而那头美丽的鹿一回头,就把这所有的目光都兜住了……"余秋雨先生在《天涯故事》中的精彩描述,道出了鹿回头的文化和精神境界。

立于鹿回头公园的半山回车场边的"一见钟情"石刻,由原国防部长张爱萍将军题写,石刻正面面对鹿雕和公路,背面可观赏三亚全景。立于此处,即可近观三亚两河河口与入海处的壮丽景色,也可以欣赏到鹿回头广场的景观。此处的"一见钟情"即表达对爱人的钟情,也表现对祖国大好河山的热爱、对三亚秀丽山水的钟情。

在鹿回头山顶的西麓,有一块巨石,一截两半。一半傲立在山顶端,一半平躺在脚下,伸向海里,当地人称为相伴石。相传是个女子为了等待打猎的恋人相守在山顶,遥望远方,长久化作一块立石。恋人归来后,听到村中人们的诉说,奔向山巅,长跪在少女石旁,誓死相依,便化作了一块平躺的石头,希望在恋人累的时候,能够在他的身上休息做伴。

当代诗人张举(紫云仙客)有诗《鹿回头》描述这段凄美的爱情故事:

> 天涯芳草绿茵茵,绝代佳人何处寻。
> 至今鹿女回眸处,白云碧海绕香魂。
> 美人无意留踪迹,多情自有后来人。
> 千般功业成粪土,一段风流万古存。

而到了每年的中秋之夜,在鹿回头公园和天涯海角风景区两

个活动场地都会举行丰富多彩的庆祝及游园活动,既有传统的灯谜会、民间舞狮大会,也有商家举办的月饼展销大会、品茗会等,而最富有特色的莫过于鹿回头的"鹿山赏月大会",中秋月圆之夜,身处鹿山之巅,迎习习夜风,观海月初露,赏月满鹿山,加上山下灯火掩映,如临人间仙境。在鹿雕南平台还有"福""禄""寿"塔灯三座,中秋夜,亲友相聚,共同点亮塔灯蜡烛,可祈得"福寿双全""幸福团圆""吉祥平安"。

游"天下第一湾"

亚龙湾地处海南省三亚市东郊,是一处优质的热带海滨风景区,距离三亚市中心区约10公里。亚龙湾为一个月牙湾,海湾面

积约66平方公里,拥有约八公里长平缓宽阔的银白色海滩,长度约为美国夏威夷海滩的三倍。海滩沙质细腻、洁白如银的沙滩可同时容纳10万人嬉水畅游,数千只游艇游弋追逐。这里的海水没有受到污染,海水清澈澄莹,能见度达7~9米,远望呈现几种不同的蓝色;水面下珊瑚种类丰富,可清楚观赏珊瑚,适合多种水上运动包括潜水等;海底珊瑚礁保存完好,生活着众多形态各异、色彩缤纷的热带鱼种,属国家级珊瑚礁重点保护区。

亚龙湾属典型的热带海洋性气候,全年年平均气温25.5摄氏度,气候宜人,冬可避寒,夏可消暑;亚龙湾自然风光优美、青山连绵起伏,海湾波平浪静,湛蓝的海水清澈如镜,"三亚归来不看海,除却亚龙不是湾",这是游人对亚龙湾由衷的赞誉。亚龙湾风景如画,不仅有蓝蓝的天空、明媚温暖的阳光、清新湿润的空气、连绵起伏的青山、千姿百态的岩石、原始幽静的红树林、波平浪静的海湾、清澈透明的海水、洁白细腻的沙滩以及五彩缤纷的海底景观等,而且八公里长的海岸线上椰影婆娑,众多奇花异草和原始热带植被、各具特色的度假酒店错落有致地分布于此,恰似一颗颗璀璨的明珠,把亚龙湾装扮得风情万种、光彩照人。这里不仅是滨海浴场,而且是难得的潜水胜地,是一处理想的冬季避寒和休闲度假胜地,号称"东方夏威夷"。

亚龙湾风景区按旅游功能划分为亚龙湾广场、贝壳馆、蝴蝶谷、热带森林公园等。

亚龙湾广场三面青山相拥,南面月牙形向大海敞开。阳光、海水、沙滩、奇石、田园风光构成了各具特色的风景,其中的锦母角、亚龙角更是攀崖探险活动的优质场所。亚龙湾广场中心有高达27米的图腾柱，围绕图腾柱是三圈反映中国古代神话传说和文化的雕塑群。广场上，四个白色风帆式的尖顶帐篷，给具有古老文化意蕴的广场增添了现代气息。正对广场的亚龙海海面则以野猪岛为中心，南有东洲岛、西洲岛，西有东排、西排，可开展多种水上运动。

亚龙湾贝壳馆位于亚龙湾国家旅游度假区中心广场，占地面积3000平方米，是国内首家以贝壳为主题，集科普、展览和销售为一体的综合性展馆。在展览厅里，分五大海域展出世界各地具有典型代表性的贝壳300多种，展有象征纯洁的天使之翼、海鸥蛤、著名的活化石红翁戎骠和鹦鹉螺，等等。游客在曲径幽深、典雅自然的展厅里参观，仿佛置身蓝色的海洋世界里，在惊叹大自然鬼斧神工的同时，也激发人们热爱大自然、保护海洋的情感。

亚龙湾蝴蝶谷位于亚龙湾国家旅游度假区北部。走进蝴蝶状的蝴蝶展馆，眼前一片色彩斑斓。在蝴蝶谷五个展室中，中国最珍贵的喙凤蝶、金斑喙凤蝶、多尾凤蝶和高山绢蝶等，巨型翠凤蝶、猫头鹰蝶、银辉莹凤蝶、太阳蝶、月亮蝶等世界名蝶历历在目，人们不禁为大自然的精灵赞叹不止。出了蝴蝶谷展览厅，步入的便是巧妙利用热带季雨林的

自然植被环境建成的大型网式蝴蝶园,这里有热带特有的古藤、造型奇特而优美的榕树、著名的龙血树、生命力极强的黑格、厚皮树等,在野花和人工配置的鲜花相映下给人以温馨静谧的感觉。汨汨的溪流伴着游人款款地穿谷而行,彩蝶翩飞,让人流连忘返。

亚龙湾热带森林公园则是三亚市林业局和三亚亚龙湾云天热带森林公园有限公司以合作模式建设开发的三亚市第一个森林公园,位于三亚市东南方向25公里处,总面积1506公顷,分东园和西园,犹如伸展的双臂环抱着"天下第一湾"。森林公园因其季相变化多姿多彩,其生物、地理、天象、水文、人文和海景景观资源丰富,以及独特的区位优势,使之成为发展热带雨林旅游的首选之地。同时,亚龙湾热带森林公园是亚龙湾由滨海向山地、由海洋向森林、由平面向立体、由蓝色向绿色的重要延伸,使亚龙湾真正形成了大景区的概念,填补了三亚森林生态旅游的空白。

亚龙湾森林公园的植被为热带常绿性雨林和热带半落叶季雨林,雨林枝繁叶茂,林相多样,其板根、绞杀、寄生等特征明显,各物种立体、多层分布,相互交融,极具热带雨林特征。包括公园主峰红霞岭,及竹络岭、飞龙岭、青云岭、龙头岭等海拔250米以上区域有特别优越的光热和雨水条件,发育成良好的热带常绿性雨林。主要树种有高山榕、美丽梧桐、白茶、闭花木、藤竹、不老松、桃金娘等。其中树中之王是高山榕,它常拥抱巨石而傲视群雄,主干粗大,数人才能合抱,枝干伸展,树冠巨大,堪称是园中的"迎客榕";而美丽梧桐,如同名字一样,是山中最美丽的景观树；最另类的植物则应是藤竹，它像藤一样在地上爬行、在林中攀援；而最奇特是竹笋不长在地里而是长在竹竿上，"节外生枝"也许就是这么来的。热带半落叶季雨林分布在海拔250米

以下区域，主要树种有海南苏铁、青梅、海南黄檀、细青篱竹、岭南山竹、海南栲、羽叶金合欢、过江龙、钩枝藤等。其中海南苏铁为国家一级保护树种，青梅、黄檀为国家二级保护树种。这里生长有植物133科1500余种，哺乳类动物30余种，两栖类和爬行类动物60多种，鸟类100余种，主要有野猪、猕猴、蟒蛇、小灵猫、变色龙等。这里还是蝴蝶王国，分布着20多种色彩缤纷的蝴蝶。

"山不在高，有仙则名"，公园内主峰红霞岭海拔450米，峰顶有一组天然巨石，整体形象酷似一座巨大的弥勒大佛正在双手合掌闭目打坐修炼，而怀中的一棵歪脖子大榕树犹如龙头拐杖，栩栩如生。当地村民自古以来将该石视作山神而顶礼膜拜。此景观在主峰正南半山乃至海滨一带观赏形象效果极佳。在此处仰观云天，俯瞰大海，海阔天空、凭海临风的快意扑面而来。该奇石景观是公园主峰的统帅景点。园区山峦起伏，除主峰外，还有围凤岭、竹络岭、飞龙岭、龙头岭、青梅岭、双龙岭等，山中

奇石耸立，著名的有太阳石、飞来石、野象石、河马石、猪蹄石、白虎石、仙人脚石、羊头石、龟石、流水石等，既有峭壁悬崖，也有幽谷溪涧，秀美灵动之中不失一份深邃险峻。

龙头岭观海上日出，绚烂壮美，而主峰不论观日出还是观日落，都别有一番景致；各岭还可常见云海、雾障从海天之际扑面而来，人在云中，飘然欲仙。

《崖州志》有载："虎头岭，在榆林港东南，滨海，高六十丈。形如虎，雄瞰东洋。商船入港，必祭之。"西园六道岭向南延伸至滨海的山岭即为虎头岭，其一角称"白虎角"。而红霞岭向东南延伸的山脉称"亚龙岭"，至滨海一角称"亚龙角"，应合中国传统"左青龙、右白虎"之经典风水理念。与"龙"关联的地名在这一带极盛，东有龙坡村，传说龙王晒太阳的山坡；南有亚龙湾，是龙王常常兴风作浪的地方；湾畔有大龙潭、小龙潭；山下原有求雨村，村民常在干旱季节面向龙山、面向山顶的大佛石祈求云雨。

《崖州志》另载："光绪元年七月，保平铁炉塘水发光，宵可照读。掬之，则掌如散珠。取其泼暗室中，亦如白银。三月不绝，越三年，再光一旬云。"这里说的即是今园区东北方向的铁炉港，港东为国家度假海岸—海棠湾，均可在园中各山峰尽收

眼底。

1992年，时任全国政协副主席的杨成武将军在亚龙湾题词："天下第一湾"。今天，亚龙湾已闻名于全世界，是中外公认国内最顶尖、无愧于"天下第一"盛名的海湾，在世界上已与夏威夷、巴厘岛、普吉岛、坎昆、黄金海岸等顶尖海岸齐名。

远近高低、峰回路转中的亚龙湾千姿百媚。登临红霞岭，极目亚龙湾，仰望蓝天白云、日月星辰，俯瞰长林远树、碧波万顷，那无垠的海湾连着无际的太平洋，那洁白如练的长滩，那星罗棋布的五星级酒店群，那绿草如茵的高尔夫球场，那椰风稻浪的田野，组成一幅巨幅美轮美奂的山水画卷，令人神清气爽而又志存高远。

欣赏"天下第一湾"亚龙湾，只在亚龙湾沙滩、海岸边的单一视角、平面视角远远不足以领略她的风采。"距离产生美"，在亚龙湾热带森林公园的不同高度、不同角度来欣赏亚龙湾，一是有更高层次感的景观，近有碧树红花，远有山峦起伏；二是有

更宽广辽阔的视野,上有天高云淡,下有球场绿茵,极目之处更有大海与长天一色,真正的海阔天空,真正的"天高任鸟飞,海阔凭鱼跃",让您由衷惊叹这正是"天下第一海景"。"登临红霞岭,俯瞰亚龙湾,极目中国海,心飞太平洋,志在全世界!"海是倒过来的天。

人活百岁不是梦

我的家乡广东省饶平县三饶镇位于饶平县中北部山区,是闽、粤两省的交会处,是潮(州)梅(州)两市的交通要冲。该镇四面环山,东有望海岭,西有待诏山,南有天马山,北有尊君山。地形西北高,东南低,中间小平原。四座大山犹如四位将军守卫着三饶镇,四面环山像一道坚固的绿色屏障为三饶镇遮风挡雨、消灾除难,护佑着这块美丽富饶的土地,使三饶"县泰民安"。

据史料记载,三饶于明成化十三年(公元1477年)设县,取名饶平,意即"饶永不瘠,平永不乱"。

据传,宋朝龙图大学士王十朋曾路过三饶,看到三饶地形独特、山川形胜时便说:"天下大旱,此处半收,天下大乱,此处无忧。"

三饶从公元1477年设县起,前后经历明朝、清朝、中华民国和中华人民共和国四个时期,直到1953年中央人民政府把饶平县从三饶迁至黄岗镇止,前后经历了475年。在近500年的漫长岁月中,饶平县(即三饶镇)从未遭遇过战乱、饥荒、瘟疫等灾难。

印证了"饶永不瘠,平永不乱"的预言。

三饶山环水绕,重峦叠嶂,遗存丰富,钟灵毓秀。三饶土地肥沃,物产丰饶,全镇84.5平方公里,现人口5.4万人。

三饶在城村,是三饶城里的城中村,这里住着一位长寿老人,名叫黄细,生于1911年5月6日,今年已经111岁了。黄细的小儿子陈永城是我同一个部队当兵的战友。1977年他服完义务兵役后从湛江退伍回家,我继续在部队服役。1979年对越自卫还击作战后,我回家探亲顺道去看望战友陈永城,其母亲热情接待了我。陈永城告诉我,他母亲快七十岁了,我听了感到很惊讶,我用怀疑的眼光看了看陈永城母亲,觉得只有50多岁的样子,在农村还是个壮劳力呢。

尔后每次回家探亲,我都会去看望她老人家,每次她都非常热情地接待我,拉着我的手嘘寒问暖,每次我都少不了喝一碗她老人家为我煮的荷包蛋汤。

2009年,我回老家扫墓,老人家时年99岁了,我取其长长久久之好意头,专门给她老人家拍了一张相片,放大做了镜框送还给她老人家。听陈永城说,他母亲看后很高兴,逢人便指着挂在墙上自己的照片说,乌洋村耀池哥给我照了相,照得比我还好,经常向亲人邻居显摆。

转眼老人家110岁了。2020年我回老家过春节,大年二十八上午,我带着孙女孙子去看望她老人家。老人家因患白内障眼睛已经失明,她在儿子陈永城的搀扶下从卧室出来见我。老人家虽然眼睛失明,但心里明明白白,还能客客气气和我拉家常,说些问候祝福的客气话。

大家听到这位老寿星111岁了，一定感到很羡慕、很神奇吧，一定很想知道老寿星有什么养生秘籍吧？

其实这位老寿星一生并不顺利，是从风风雨雨、坎坎坷坷中走过来的。

1911年5月6日，黄细老人出生在饶平县（现在的三饶镇）南淳村（现在的新塘镇南淳村）。黄细在家中排行老大，下面有一个弟弟，两个妹妹。弟弟不到50岁便生病去世了，二妹享年87岁，小妹享年82岁。黄细母亲生下她时，这个小女孩长得白白胖胖，小眼珠黑黑的忽闪忽闪，很是可爱。父母亲把她视为掌上明珠，取名黄金珠。

转眼黄金珠六七岁了，到了上学的年龄，但那时候家里穷，又是个女孩，父母亲便没让她上学。这小丫头聪明伶俐，性格阳光开朗，小小年纪便非常懂事，在家里帮助带弟妹，帮忙做些喂猪、饲鸡等家务活，而且件件都干得有模有样，乡里邻居人见人爱，人见人夸。到了十五六岁，黄金珠已经出落成大姑娘了，其身材修长，皮肤白皙，亭亭玉立，谁见了都说黄家有福气，修来一位小仙女。小金珠心灵手巧，家务活地里活一学就会，不管脏活累活都抢着干，待人热情，心地善良，乡里近邻、十乡八里谁都知道南淳村黄家养了一个好姑娘。

转眼黄金珠到了婚嫁年龄了，上门提亲的人络绎不绝，同镇的马岗村，有一张姓当时在饶平县（三饶镇内）很富有，张家有一儿子也到了娶妻年龄，听说南淳村有一位标致又贤惠的姑娘，便慕名找上门来提亲。那个年代农村都很贫穷，有这样一户富有人家上门提亲，黄金珠父母已经觉得非常体面了。至于男方长得

怎样，人品如何，黄金珠一概不知道，父母亲也不过问。旧社会的婚姻不像现在自由恋爱，都是父母之命、媒妁之言。黄金珠父母看到三饶内最富有人家上门提亲，哪有不应允之理。就这样，黄金珠的婚姻大事连人都未见过就被父母亲定了下来。结婚那天，张家倒是财大气粗，出尽风头，极尽奢华，风风光光地办了三饶内当时最热闹最体面的婚礼，让十乡八里的乡亲们好一阵羡慕。

黄金珠嫁到张家后，确确实实享了几年福（那个时代的享福其实也就衣食不愁罢了），婚后第二年黄金珠便生下一男孩，第三年又生下一女孩。张家公婆见黄金珠心地善良，孝敬公婆，肚子又争气，四年间生了一男一女，为张家添丁养凤，认为黄金珠是吉星，对黄金珠非常满意，像对待自己的女儿一样处处给予呵护关爱。

可惜好景不长，没过几年，其家公患食道癌去世了。俗语说："富人养不出好仔。"黄金珠老公自幼娇生惯养，游手好闲，好吃懒做，从小还染上赌博恶习。其父在世时家里农活、生意，里里外外全靠他父亲打理。父亲一死，他做什么都不会，也不想干。而且其父亲在世时，金珠老公还只是偷偷摸摸偷着赌，父亲一死，没人管束，便白天黑夜公开赌。村里一些赌徒知道张家富有，连起手来拉他赌博，偏偏他又无才无智，逢赌必输，输了又赌，越赌越输。没几年工夫，这个败家子，把其父亲一生辛勤劳作、苦心经营积攒下来的家业全部输光了。

输红了眼的赌徒，就像人口渴了喝海水一样，越喝越渴。尽管逢赌必输，把家业都赌光了，但这个败家子仍然不收手，最后连一日三餐都无以为继，没办法又把房子给押上，结果连房子也都输掉。还算这个败家子良心未泯，自觉理亏、对不起黄金珠，竟跪下来说自己是个废人，不想拖累她，求黄金珠改嫁。黄金珠虽然痛恨丈夫不争气，把所有家业都败光了，但宽宏大量、心地善良的黄金珠觉得一日夫妻百日恩，只要丈夫痛改前非，就是上街乞讨，她也不离不弃。无奈丈夫已"病入膏肓、无可救药"了。丧心病狂的丈夫竟偷偷把一对儿女分别卖给邻村翁厝和南关村，在张家亲人和家人的反复劝说下，万般无奈的黄金珠，离婚后再嫁给了三饶在城村的陈羽才。

其实，三饶在城村的陈羽才在娶黄金珠之前其婚姻也不如意。陈羽才结婚后，前妻给他生了两个儿子后便病逝了。当时大儿子陈华国只有11岁，二儿子陈永林只有6岁。黄金珠嫁给陈羽才后，因其家婆名字也叫金珠，家婆便把黄金珠的名字改为黄细。

陈羽才为人厚道，心地善良，老实勤快，脑子灵活，家有薄田几亩，同时陈家利用靠近三饶老县城的地理优势做些小生意，家境虽谈不上富贵，却也衣食无忧。因以前二人的婚姻都不美满，黄细嫁给陈羽才后，夫妻俩非常珍惜这个缘分。夫妻相敬如宾，恩爱有加，小日子过得美满幸福。黄细先后给陈羽才生下一女一男。美好的日子总是过得很快，好日子过了不到20年，1964年，年仅68岁的陈羽才因患食道癌丢下黄细和四个孩子撒手人寰，当时黄细只有54岁，前妻生下的大儿子32岁已成家，二儿子27岁，自己生的女儿17岁，小儿子陈永城只有11岁。

凡是20世纪五六十年代出生的人都知道，那个年代农村生活

是相当艰苦的，尤其家里失去了主劳力过日子更是艰苦。好在二儿子陈永林已成年，接过了父亲养家的担子。

黄细处理好丈夫的后事后，擦干眼泪，用她善良宽厚的心，默默忍受着人生的不幸，担负起育儿养女的重任。白天她和大家一样参加生产队劳动下地干活，回到家里，养猪、种菜、做家务一样不拉下，一个人忙里忙外。

陈永城告诉我，从他懂事起，从他父亲去世后，从未听到母亲唉声叹气、怨天尤人。父亲在世时，家景比较好，凡是上门乞讨的人，她母亲从未让来乞讨者空手过；父亲去世后，家景大不如以前了，但凡上门乞讨的人，她母亲同样有饭给饭，有粥给粥，同样从未让人空手过。

陈永城父亲走后，其前妻留下的两个儿子，陈永城同父异母的两个哥哥，多少有些生分，但陈永城母亲视如己出，从未另眼看待，相反更加关爱这两个儿子。陈永城说，小时候他做错事，会受到她母亲的打骂，但他两个哥哥做错事，她母亲从未责怪他们俩兄弟。

陈永城同父异母的大哥哥78岁时去世了，其二哥今年已经84岁了，但几十年来，两个哥哥孝顺，四兄弟姐妹和睦友爱，从未发现口角或产生什么矛盾，这些年来二哥和二嫂经常来看望母亲，这在当今社会是非常难得的。

寿星黄细90岁后，虽然身体硬朗，什么活都能干，但因为怕母亲年事已高发生意外，陈永城便不准其母亲下地干活了，但做家务、养鸡、种菜等老母亲样样照干。一直到了107岁眼睛患白内障后才停止干活。

2020年11月8日上午,我去看望陈永城母亲,这一年陈永城老母亲已经110岁了。像往常一样我给老人家送上红包,然后问起老人家的起居饮食情况。陈永城说老母亲胃口非常好,饮食很有规律,几十年来早上稀饭,中午番薯或芋头,晚上通常都是米饭,苦瓜排骨汤,每顿都能吃一碗饭、一碗汤,平时水果不断,什么水果都吃,不怕酸,只要是水果都吃。

黄细老人和她的孙女

当我问起记忆力怎样时,陈永城说自从107岁患白内障眼睛失明后记忆力就差很多,现在是时好时坏,不过他母亲还能记住他的生日,去年他68岁生日时,老母亲还自己拿出200元给他过生日。

陈永城说因老人耳背,有时叫她听不到。今年年初,女儿陈晓梅从深圳回老家,进门叫了几声奶奶,老人家都没有听到。女儿生就一头厚厚密密的披肩发,聪明的女儿低下头,抓了一把头发放在奶奶手中,老母亲马上反应过来说,晓梅你回家来了。

我笑着问陈永城,你母亲还识钱吗?陈永城笑笑说,老母亲是个老财迷,儿孙们、朋友们给她的红包都是自己收存着。随即

把嘴附在老母亲耳边大声说，刚才耀池兄给你多少钱？老人家听后，从口袋掏出红包，像平常人数钱一样，手指头沾沾口水一张一张数起来，当数到第九张时，还剩一张未数，老人家就大叫起来说1000元，并说耀池哥给太多了，祝您在外面赚大钱，子孙平安。连着说了好几遍。说笑间，老人家又再次把红包拿出来数，陈永城说你不是已经数了吗？怎么还要再数，老人家笑笑说，今日收了大红包心里高兴，我再数一遍。

陈永城说他母亲年轻时是个戏迷，那时候村里晚上唱戏她都去看，有了电视后，几乎每晚都看文艺节目到深夜，有时高兴也会跟着哼起来。陈永城问老母亲，你不是会唱歌吗？唱几句给耀池哥听听。老母亲听后笑笑，显得很不好意思的样子。过了一会给我念了一段三饶地区最流行的顺口溜。紧接着老人家一下子又给我念了六七段顺口溜。

陈永城说其老母亲过去思路敏捷，什么事都记得清清楚楚，做事也利落。107岁后，患了白内障，眼睛失明后，电视看不成了，也无法到外面走动了，加上两个孙女在外地，家里只有永城夫妻俩，平时母子俩交流不多，每天吃饱后只能在床上躺着，所以这几年老人家记忆力衰退得很快。如果不瞎，能看电视，经常有人和她交流，相信他母亲要比现在要好得多。"用进废退"在永城母亲身上得到了充分证实。

陈永城母亲这么长寿，纵观她一生的经历，有三点是值得大家学习、借鉴的。

首先是终生勤劳，忙碌不断。

陈永城母亲出生在乡下农村，穷人的孩子早当家，老人家从七岁起便开始学习做些简单的家务和带弟妹了,长到十来岁便开始下地干农活了。出嫁后,虽然婆家富有,但仍然一直下地干活,就是怀孕在身,也挺着大肚子下地干各种农活。到了晚年不用下地干活了,但家里饲猪、养鸡、种菜、做饭、洗衣服、理家务,黄细老人从未停止过劳作。一直干到107岁眼睛患白内障双眼失明后才停止干活,从7岁到107岁整整干了100年的活。

因为劳动,陈永城老母亲一生身体很健康,极少吃药,没有住过医院,也没有吃过各种保健品,更不懂得什么叫养生。是劳动和忙碌给了陈永城母亲添了健康,增了福寿。

其次是善良大度,不为钱财忧烦。

陈永城母亲健康长寿与其一生善良大度,无贪无欲不为钱财忧烦有直接的关系。据陈永城记述,从他懂事起就没有发现母亲忧愁过。20世纪的五六十年代,国家贫穷,老百姓生活非常艰苦,特别是陈永城父亲去世后,在农村家里没有个主劳力,生活会更加艰苦,但他从未听到母亲因生活艰苦而埋怨生气或发牢骚,每每听到邻居因生活艰苦而生怨气时,老人家总对人说:"穷穷过,富富过,有钱加把米,没钱加瓢水(潮州人喜喝稀饭),有什么好发愁的。"有些邻居人家,因家务繁忙而时有怨言时,她人家听到后就对人家说:"做人做人,人生下来就得做(干活),做点事有什么好怨气。"面对日子拮据,老人家从来都是默默忍受,平心静气面对。

平时,村里有红白喜事或发生矛盾,邻居人家有难处,老人家总是主动上门,帮忙劝说解释,以自己的善良和热心帮助他人解决矛盾,解忧排难。四乡八里都知道黄细为人热心,都称赞黄

细有一副好心肠,好性格。她一生从未与邻里结怨,也从未和谁生气。在那个生活艰苦的年代,像黄细这样善良无私、大度热心肠的人很少很少。老人家经常挂在嘴上的一句口头禅是:做人要大量(豁达大度),正有大福。也许老人家有此大福寿,正是应了她常说的口头禅:"大量正有大福!"

最后是儿孙孝顺,颐养天年。

黄细老人人缘好,心地善良,性格好,虽有两段婚姻,经历也很坎坷,但从不失爱情亲情。第一任丈夫虽嗜赌如命,但黄细心地宽厚,其丈夫和家婆都知道黄细是非常难得的好媳妇,是他家的儿子不争气,祖上积德不够,无法得到黄细。自从黄细嫁入张家后,张家人对黄细非常好。丈夫及其一家人都觉得对不起黄细,为了不让黄细伤心过苦日子,才硬迫着黄细改嫁的。

嫁给陈永城父亲后,夫妻恩爱有加,自己生育一儿一女加上原来丈夫的两个儿子,一家六口,黄细不分己出她生,一视同仁,甚至对丈夫前妻生的两个儿子更加宽容,更加照顾。那时候虽然生活艰苦。有时买一点鱼肉,老人家都舍不得自己吃一口,全部都分给四个孩子,从未偏爱、照顾自己生的儿女,四兄弟姐妹都一视同仁。

孩子们长大成家后,大家都各自成家立业,按农村习俗,老人家便和小儿子陈永城一起生活。陈永城父亲前妻生育的两个儿子长大后,大哥陈华国在城里搞建筑,二哥在三饶水电厂任队长,陈永城当兵退伍自学兽医,由于人聪明,又肯钻研,做事认真,成了三饶小有名气的兽医。三兄弟虽然没有大富大贵,但兄弟互尊互敬,妯娌之间和睦,对母亲非常孝顺。

从母亲90岁到现在的111岁的20余年间，特别是近10余年来，陈永城为了照顾好母亲放弃了很多发展机会，在家里全身心照顾老母亲。陈永城母亲早上喝稀饭，中午吃杂粮，晚上吃米饭、喝苦瓜汤，一年365天几乎是不变食谱。为了照顾母亲的饮食习惯，陈永城只能改变自己的饮食爱好跟着母亲的生活习惯生活。平时朋友间聚会，陈永城是不会参加的，偶尔战友聚会，只能叫嫁在本村的姐姐来帮助照顾母亲。陈永城两个女儿，大学毕业后均在深圳成家立业，两个女儿传承了父母孝顺、关心他人的好品德，对父母、奶奶非常孝顺。这些年来陈永诚为了照顾年迈的母亲不敢出远门，极少去看望儿孙，偶尔去了也只小住三五天便回家。由于陈永城孝顺，做事细心，照顾周到，时间长了，老母亲已认可他的服侍，连亲生女儿都觉得没有陈永城照顾得好。

陈永城为了照顾母亲，放弃一切工作，只在家门口搞了些小种植小养殖，生活过得比较拮据，但陈永城觉得没什么，他自我调侃说：人家说"家有老母如得财宝"。我已家有财宝了，也就无所谓清贫了。

在陈永城的影响下，其妻翁佩华对家婆毕恭毕敬，一切按家婆的生活习惯安排生活。陈永城的两个女儿更是对奶奶孝顺有加，什么时候回家都会买一些老奶奶喜欢吃的零食、水果什么的。人老了，身上自然会产生出异味，但两个孙女从不嫌弃，四十多岁了，一回家便亲吻老祖母，晚上还和奶奶睡在一张床上，日夜陪伴在祖母身边。

老母亲爱干净，夏天天气炎热，陈永城坚持每周给母亲洗两次澡，冬天至少给洗一次，有时候姐姐忙不过来，陈永城便亲自

给老母亲洗澡。97岁后老母亲血压偏高,陈永城买来血压计,每天早上固定时间给老母亲服药,每周两次给老母亲量血压。因为双眼失明,加上年事已高,老母亲生活基本不能自理,每日三餐,每天大小便等全靠陈永城夫妻喂食、护理。

陈永城母亲能得高寿,特别是107岁双眼失明后,生活完全不能自理,全靠儿媳们的细心呵护和周到照顾。是儿媳们的孝顺让黄细老人增添了福寿。

当我写完这篇文章的时候,陈永城告诉他老母亲,乌洋村耀池哥要把你长寿的经历写成文章登上刊物了。老人家听后问儿子陈永城:这是真的吗?陈永城说是真的。老母亲说那她不是出名了,随即自己给自己鼓掌。又问我在潮州第一名吗?陈永城说不是,浮山镇有117岁的,你最多排个第二名。老母亲听后不服气说,她一定要排第一,说着自己又鼓起掌来。

看到此文章的人,请为这位老寿星鼓掌吧!祝福她排第一!

祝愿天下老人们都幸福、健康、长寿!

2021年4月7日深夜于羊城

漫谈老年人养生

秦始皇豪气万千、气吞山河、东征西讨，用了10年时间，先后灭了齐、楚、燕、韩、赵、魏六国，统一了中国。踌躇满志的他做起千秋大业不衰、自己长生不老的美梦，不惜人力、财力，甚至倾举国之力，开始寻找长生不老的灵丹妙药，开启了人类寻求健康不老的先河。遗憾的是这位想千秋不老的千古大帝，上天只给了他49年的阳寿，便壮志未酬身先死。让人惋惜，让人叹息！

人类生老病死，是一条不可抗拒的自然规律。但两千年来，人们一直没有放弃永葆青春、健康不老的美好愿望。人们孜孜以求、不断探索健康的经验，总结长寿的规律，探索衰老的原因，寻求不老的方法。

经过非典和新冠肺炎两个疫情后，人们的保健意识空前提高，对健康、养生更加重视了。养生行业、保健品行业如雨后春笋，风生水起。这些年来，养生专家、营养学家、太极高手，瑜伽教练，甚至禅师、茶道等纷纷登场。讲运动的，讲养生的，讲食素的，讲食荤的，讲戒烟、戒酒的，讲打坐的，讲拍手的，讲

泡脚的，讲辟谷的，讲游泳的，讲爬山的，讲跑步的，讲散步的，还有讲大笑的，无所不至。网络电视，报刊广告，各种专题会，健康讲座更是不甘落后。专家说，医生说，学者说，禅师说，各门各派纷纷亮相。几乎把全国爱好养生的老年人搞蒙了。我有几位朋友听了几场讲座后就不再参加了，问其原因，说听来听去不知道听谁的好，都不知怎么活了。

最荒唐、最离谱的是中国营养健康网董事长、阳光森林生物科技有限公司董事长、中国保健科技学会医药保健研究会理事、中国保健食品协会健康专业委员会、中国长寿专家、营养专家林某生前宣称："大米谷物是现代中国人饮食的毒药，是产生各类现代疾病的关键。"他告诫人们，身体要排除毒素，最主要的是不要吃任何固体的食物，每天只喝八杯西芹、胡萝卜、黄瓜等榨成的果蔬汁，连喝七天，慢性病就能完全治好，而且一辈子都不会生病了。

林某这套不靠谱的养生理论，违背了人类赖以生存的食品学、营养学，误导了不少的老者。也许他荒谬的理论惊动了上苍，上帝生怕他继续祸害更多的人，于是于2019年11月11日，将年仅51岁的"长寿专家、营养专家"林某召回了天堂。

动与静、荤与素，老年人如何养生，一直是医学界、养生界争论不休的话题。

综合各类专家、学者的理论、实践，养生方式达上百种，是一个庞大的系统工程，各人因种族、基因、体质、爱好、饮食习惯、生活习惯、气候条件，加上年龄、性别等不同，养生方法几乎是没有统一的模式。比喻坐办公室一族，闲暇时多点户外运动；又比喻体力劳动者闲暇多一点静养；胖者多菜少肉，多动少静；瘦者适当多点蛋白质脂肪，做一些慢动作、消耗少一点的运动。生命在于运动，但有时需要静养。荤、素不是绝对，因各人体质而异，因年龄段、健康状况而不同。有不少专家视烟酒为健康之大忌，但不少百岁老人一生都离不开烟酒。各人体质不同，应寻找适合自己体质的吃、养、锻炼方法，自己喜欢才好，适合才是最好！

此外，老年人应避免大吃大喝，多吃些鲜鱼、贝壳类、鸡蛋、豆腐、奶粉、蜂蜜之类食品，多吃蔬菜、水果。每餐只吃六、七分饱，每周最好让肚子饿一二次，经常让身体出出汗，冬天在自己承受得了得情况下让身体冻一冻，这样对身体健康更加有好处。

现在生活水平不断提高，医疗条件不断改善，医疗技术不断进步，但人们患病的比例却不断增加，患病年龄不断年轻化。

从资料上看，2020年全国高血压患者2.45亿人，糖尿病患者1.16亿人，脂肪肝患者在2亿人以上，这些惊人的数字说明生活水平提高了，各种疾病也增加了，人们的生活质量下降了。

究其原因：一是生活习惯出了问题。现在太平盛世，岁月静好。都市人群生活过得太安逸了，绝大多数人逸多劳少，肉多菜少，饱多饥少，甜多淡少，静多动少。都市人普遍营养过剩了，这是富贵病，是吃出来的毛病，懒出来的疾病。

二是思想上、观念上出问题。现在的都市人，不管男女老少，一见面都喊累，上班喊累，加班喊累，干点家务活喊累，带孩子喊累，带孙子喊累，甚至连结婚生孩子也都喊累。只有看手

机、玩电脑、出门旅游、打麻将、跳广场舞没人喊累。

劳动创造世界。劳动创造了物质和文明,劳动是人类社会赖以生存、发展、进步的唯一途径,是最光荣的一项活动。现在不少人把劳动当成累赘,当成负担。一旦思想上、观念上出问题,精神就不愉快,精神上不愉快就有压力,身体肯定也随之出问题。

把劳动当成人生的必须,把劳动当成享受,你就不会有怨气,干活就觉得轻松。把劳动当成惩罚,你就觉得很累,浑身不舒服。

三是过度治疗。人食五谷杂粮,发个烧,感个冒,拉个肚子,是非常正常的事。一般伤风感冒从发病到恢复健康,通常为一周时间,中间只有1~2天难受点,只要多喝水,不吃高热量的鱼肉,三五天后便可自愈。可惜时下人们一感冒、发热,就找医生开一大堆速效抗生类药物,恨不得前脚进医院,后脚从医院出来就头不痛,烧退了。殊不知这些抗生类药物的副作用,远比感冒发热的坏处大得多。

我认识一位老领导,前几年每月服药都在3000元以上,经亲人、朋友反复劝说其害处后,每月才减为2000元左右。有一朋友光心脏就放了5个支架。像这样的案例,都市老人为数不少,这明显是治疗过度了。像这样的治疗方法能治好人吗?可惜不少人就不明此理。

四是太在意各项健康指标。

现在都市老年人,生活条件优越,单位每年组织1~2次体检,平时有点小毛病都进行大体检,有的人一年体检3~4次。看到各项指标正常,乐呵呵;有的看到指标不正常了,愁眉苦脸,忧心忡忡。把自己搞得紧紧张张、战战兢兢。

现代医疗仪器非常先进，只要肯花钱，只需几十分钟就可把你身体的各项生理指数准确地测出来，供医生为病人制订治疗方案，为你个人亮亮红灯，敲敲警钟。这本来是件好事，但现在不少人心理防线非常脆弱，太在意各项健康指标了。

许多人身体不健康，恰在他过度讲究健康。你都六七十岁了，还指望你的身体像青年人一样吗？这就好比大街上行驶的各类大、小汽车，如果到检测站做检测，几乎没有一台合格。但它照样每天拉着主人出门上街，跑长途。老年人一些指标高一点无关紧要。只需要在饮食上、运动锻炼上，做一些调整、控制便行，不必紧紧张张。

医疗资料显示：人类健康长寿，其中遗传基因占15%，社会因素占10%，医疗条件占8%，气候条件占7%，其余60%则取决于自己，而排第一位的是好的心态。

我的一位老乡战友，某市的一位局长，为人生性豪爽，胸怀豁达，乐于助人，人缘极好。一生喜烟、好酒、爱打麻将。2004年55岁时患食道癌。手术后不到一个月，又开始抽烟、喝酒、打麻将。妻儿亲人劝他戒烟、戒酒均被他臭骂。其妻给我打电话，说只有我劝得动他，要我打电话告其戒烟、戒酒。我给这位仁兄打电话，谁知这位仁兄听后笑哈哈对我说："我们家族有癌症基因，我的弟弟少小好几岁，早在2002年就患食道癌去世了，我比我弟弟赚多了。人免不了一死，怕着等死，不如快活去死。若真到了那天，我一不给组织浪费钱财，二不给儿孙添拖累，我自行了结。"

16年来，这位仁兄我行我素，无所顾忌，从没把病放在心上，特别是退休近十年来，没有组织约束，也不用照顾他人情绪，几乎好酒不怕醉，有麻将打不用睡，抽烟喝酒打麻将比在位时更有过之而不及。

奇怪的是他原来一头白发，今年（2021年）年初我去看他时，两鬓四周连头顶都长出了黑发，过去干瘦干瘦的一个小老头，现在皮肤变得有光泽，满脸红光。我问他有何养生秘籍。他笑笑对我说：不问生死，没有忧烦，有酒就喝，有麻将就打，我的黑头发是喝酒喝出来的。我开玩笑对他说，你百年后一定要把全身器官捐出来，供医疗专家解剖研究，以造福喜烟好酒之人。

这位仁兄的情况当然是个例外，但他心态好，乐观向上，"置生死于度外"的豁达精神不是更值得我们老年人借鉴、学习吗？

近期，在媒体上看到一则消息，说中国科学院近三年来逝世的近90位院士中，90岁以上的有33位，100岁以上的有13位。其中严仁英104岁，邓铁涛104岁，任新民102岁，朱显谟102岁，最高寿的周有光院士达112岁，极少数没有上80岁的。像袁隆平、屠呦呦都92岁了，还在科研第一线；杨振宁99岁还经常参加各种学术活动，这些人都有一个共同的特点，他们几乎没有退休一说，终生热爱工作。他们生活上有规律，工作上有动力。由于他们一生处于研究探索，把科学研究当成责任和使命，并不断与人分享成功的快乐，生命因此总是处于激活状态。

据科学家说，人在快乐的时候，大脑会分泌多巴胺等"益性激素"。益性激素可让人心情放松,产生快感,从而使人的各种机能互相协调平衡,促进健康。

现在报纸上,网络上一有报道老年人干点活或生活艰苦点,大家一片感叹,没有人赞叹!

其实忙对老年人来说是件好事,人一旦忙起来就会忘记烦恼,忘记不高兴的事。人不怕忙,不怕劳动,就怕闲。人闲了就会胡思乱想,闲了会空虚失落,闲了就会无事生非。上述科学家、院士们一生忙于工作、忙于科研,哪有时间计较个人得失,哪有时间生病啊!

"刀闲易生锈,人闲易生病。懒惰催人老,勤劳能延年。"老年人需要营养,但不需要太多营养。老年人能劳动,证明他身体好,老年人爱劳动,证明他身心健康;老年人能劳动是一种幸福,是一种老来之福。如果老年人整天病病歪歪,一天到晚离不开儿孙、亲人的照顾,哪能来幸福?

据媒体报道:我国城乡人均预期寿命从新中国成立之初的35岁提高到2008年的77岁。其中男性平均寿命为73.64岁,女性平均寿命为79.43岁。据2020年有关资料显示,全国有百岁老人40592人,占全世界百岁老人总数的11.94%。

孔子说"寿高受辱",意思是说人活得高寿了,会受无用辱、不敬之辱,失去做人的尊严。现代社会进步了、文明了,且都市老人每月都有不菲的退休金,相比古代老年人,很少有人"受辱"了。"养儿防老"是千百年来人们对儿孙后代的良好期许;而"久病床前无孝子"则道出了千万个老年人晚年失养的哀叹和无奈。

据统计资料显示,至2020年我国60岁以上老人2.55亿,占总人口的17.8%。

当今社会绝大多数老年人都比秦始皇幸运,却很少人有黄细老人的福气。

近年来,党和政府对老年事业非常重视,各级政府拨出专款,增设养老院,增设社区医院,定期免费为老年人体检。

由于各级政府重视,社会福利不断提高,"高寿受辱"少有了,但老年人在慢慢老去的路上有两道关卡,上至达官贵人,下至平民百姓,是谁也无法逃脱,它让老年人担忧,让老年人胆怯生怕,那就是孤独和疾病。

现实社会中,真正能陪同侍候父母亲到老的孝子很少,更多的人是因家庭负担、事业等原因对父母有心无力。还有小部分对老年父母无心无力,他们宁愿养猫养狗,也不愿意为生他养他的父母亲付出一点回报。

六七十岁的年轻老人,会走会玩会吃,自己能动手,过日子没有什么问题。进入八九十岁或以上的老人过日子问题就大了。如何破解老年人的疾病和孤独呢,我想解铃还须系铃人,老年人必须做到三个学会:

其一,学会与疾病相处。

老年人有病是常态,没病是例外。试想一台用了几十年的老设备,哪能没有毛病呢?既然身体有病,这是客观存在,你就要坦然处之。首先在观念上、心理上接纳它,承认疾病的存在,学会对付疾病的方法,学会与疾病相处,不要太在乎身上那点疾病,要在病中取乐,与疾病相处过日子。

我一位同宗的婶母，去年3月26日去世了，享年92岁。这位婶母高寿却没有高福。儿时我们两家同住在一个祠堂内，那时候我才刚刚懂事。婶母才30多岁，便药罐子不离身了。婶母一生育有三男二女共5个孩子。44岁时，我的叔父因公伤去世，此后几十年她自己养大这5个孩子。婶母犯有严重的肠胃炎，一辈子与贫穷和疾病为伍。她不哀不怨，随遇而安，静心面对。为了治病，中药、西药、草药吃了一辈子。86岁时不慎跌倒，左下腿骨折，因庸医误治，造成不能下床走路，直到去年去世，婶母在床上整整躺了6年，到去世前都药物不断。

婶母一生坎坎坷坷，疾病长年缠身，病病歪歪，又中年丧夫，几乎没有过上一天舒心的日子。奇怪的是她熬过了一天又一天，一年又一年，把村里许多比她年轻，比她强壮的年轻人都比了下去。

衡量老年人健康的标准不是疾病，而是功能。老年人应当把对功能的维护作为追求健康的标准，而不是一味追求没病。健康只能说明你的身体状况很好，但有些疾病并不影响你的寿命。长寿则说明你身体的持久性和延续性非常好。这是健康与长寿的两个不同的概念。

老年人有时血糖、血压高一些，只要不波动，相对稳定，只要你适当调整一下起居饮食，没有什么大不了的事。有些人听说有些指标高一些，这也不敢吃，那也不敢喝，一天到晚量血压、测血糖，自己吓自己。医生的话不能不信，但也不能全信，全信了你就没办法过日子。有时候你太顾及各项健康指标，反而影响健康，因为你过度紧张，心理压力大了就会加重你的病情。现在

很多人生病不是死于疾病本身,而是死于对疾病的担忧、畏惧和恐惧。

其二,学会与孤独同行。

古往今来,"少年被宠,青年被爱,中年被用,老年被弃",这是客观存在的。人生各领风骚几十年,人老了,退出历史舞台了,身上的光环没有了,肯定会门庭冷落,肯定没有以前风光。你得服老,你得服输,这是自然规律,这是必然的。儿孙们长大了,他们有自己的家庭,有自己的事业,他们要工作,要学习,要奋斗。他们也有自己的生活圈子,他们不可能天天陪着你,你应体谅儿孙们的难处。特别是进入八九十岁的老人,你自己要有心理准备,不要奢望谁能陪你一辈子。没有光的时候,连影子都会离开你。要自己调整好心态,学会独处,学会与孤独同行。习惯过孤独的日子。

其三,学会自己找乐子。

现代社会老年人,普遍文化程度比较高,老了,没事做了,要学会自己找乐子,或诗、词、歌、赋,或琴、棋、书、画,或养花、种草,或养猫、养狗,或散步、打坐,什么喜欢做什么。不会写字、画画,种花、养草,养个宠物,散散步你总会吧。要没事找事,自娱自乐,自我欣赏。

我圈子内的多位好朋友,有写字的,有写格律诗的,有画画的,有摄影的,有搞镌刻的,有编顺口溜的,还有预测姓名的,研习奇门遁甲的……大家几乎每天都在网上展示各自的作品。大家相互评点、相互欣赏交流,相互赠予,不亦乐乎,非常有意思。

生活就像一面镜子,你微笑它也微笑,你皱眉头它也皱眉头。

我的一位老领导78岁时患脑中风,落下半身不遂,不能自己独立行走,生活不能自理。为了延缓小脑萎缩,为了打发时间,他便自己苦中作乐,十多年来坚持用电脑写作。老领导今年(2021年)92岁了,已出了68本书(每本约15万字),涉及内容广泛,时政要闻、天文地理、琴棋书画、体育曲艺、古诗词赏析、自然风光、历史地理等等,无所不至。他的这些图书,我基本上都是他的第一个读者。他还经常推荐好书、古诗词给我阅读、欣赏。一个进入耄耋之年的老人,一个身上集合了老年人所有疾病的人,一个已经残疾了十几年的人,每次和我通电话总是开怀大笑、谈笑风生,十几年来从未和我谈过身上疾病之痛。每当我问起近期身体状况,他总是笑呵呵对我说:老人病没有啥,不用操心。

难道一个患了心脏病、糖尿病、高血压、高血脂又半身瘫痪的老人真的没有病痛吗?是他的睿智读懂了人生,看淡了生死。让他没有精神负担,面对病痛、孤独,泰然处之。

"人生除了生死,再没有大事。"不惧生死,看破了生死,那就什么事都没有了!

现在老领导仍脑子灵光、思维清晰,仍在继续搞创作。创作成了他打发时间,获取乐趣,维护健康,快乐过日子的好途径。

总之,老年人能动脚的动脚,能动手的动手。手脚都动不了的,就动动脑子,就是要不断给自己找事做,不能让自己闲下来,就要不断给自己生乐趣,给自己寻开心。这样你就不会感到

孤独,你就不会老记着身上这也不舒服,那也有病痛。

电视剧《装台》主题歌中有一句非常好的歌词:日子过了千万遍,我待生活如初恋。只要我们热爱生命、热爱生活,你就会觉得生活充满乐处,你就会活得有滋有味。

我国人平均寿命,从新中国初期的35岁,提高到现在的77岁,靠的是社会发展,生活条件不断改善;靠的是人们的健康意识不断提高,养生常识不断普及;靠的是医疗服务和医疗技术水平的不断提升。但影响人类健康和寿命的癌症、心脑血管疾病、器官不可逆转衰竭三大疾病,仅靠养生调理仍然是解决不了问题的。必须依靠现代医疗科学技术的发展。

英国皇室医学院的克拉克教授说,按照科学进步的速度,人类寿命110岁的时代即将来临。

据媒体报道:2020年4月2日,全球注册在案的干细胞临床机构为5000多家。我国已批准成立的干细胞研究备案机构达123家,已通过审批备案的干细胞临床研究达66项。科学发展能够把人类寿命从生到死的旅途延长。

有专家预测,随着医疗科学的不断进步,人类将在10年内攻克癌症。

2014年2月18日,美国科学家首次用干细胞培育出人造肺。2019年4月17日英国媒体报道:以色列特拉维夫大学研究出用人体细胞组织打印出世界第一个3D心脏。

科学家预计,未来医学专家将用人体胚胎干细胞培育人体的各种器官,包括心、肝、脾、胃、肾、肺等等。如果某个人某个器官老化了、衰竭了,就像汽车一样哪个零件坏了,到4S店换哪个零件，而这一天已经不再遥远了。因而人活100岁，活120岁也是可望可及的事了。

说起来，我们应该要感谢秦始皇，正是他寻求长生不老药，派人四处寻找仙草炼仙丹的创举，开创了人类的养生事业先河，引领了千百年我国养生事业的不断发展。

现在，养生被重视，健康被推崇，长寿被向往。

过去，人们攀比地位，攀比财富。随着社会进步发展，人们对健康、长寿的向往和追求将超越于地位和财富。今后人们在攀比地位和财富的同时，更将攀比健康，攀比长寿！

2021年5月4日

一位当代"孟母"

儿时读书,曾听老师讲过孟母三迁的故事。孟母三迁,讲的是二千三百多年前孟子的母亲为了教育儿子成才,先后三次搬家,选择好的生活环境,为孟子创造良好学习条件的故事。由于年代久远,这个美丽的故事只作为"故事"存在我的脑海中。近日,朋友给我讲了一位"当代孟母"的故事,她让我感动,让我敬佩,让我震撼!

贵州省某市某居委会一位女主任叫陈玉娇,工作勤勤恳恳,一心扑在事业上,每天早出晚归忙于公务,疏于对女儿小丽的管教,14岁的小丽整天沉迷于网络游戏,荒废了学业而不知。一日邻居对陈主任说:你不能只顾工作,不管你女儿的学习,再这样下去,你女儿这辈子就废了。

陈主任先是惊讶,继而醒悟,可不是吗?这些年来自己天天忙于居委会工作,几乎没有顾及女儿小丽的生活、学习情况,以致女儿的学习成绩怎样,在校表现如何,自己都一无所知。通过向老师、邻居、女儿同学家长多方了解、打听,才知道女儿小丽和一帮师姐妹经常迟到、早退,甚至旷课、逃学,平日给女儿小

丽的学习费用，女儿几乎全部用于上网吧玩游戏，女儿还成了这帮小姐妹的头头呢！

陈主任了解到这些情况后，既生气又内疚。生气的是女儿这么不争气，内疚的是深感自己这个当母亲的不称职。于是她马上到学校找了班主任，请老师加强对女儿的管教，接着又逐个找了几位和女儿一起玩的同学的家长，请大家一起监督、管教自己的孩子。经陈主任这番努力，开头一段时间女儿小丽上学比较正常了，学习成绩也比过去好多了，可一段时间后，一切又恢复到原来的样子。这一次陈主任真的坐不住了，女儿这个年龄段，正处于浮躁、易动、盲从、叛逆的年龄，如果不采取有效措施，像这样任其下去，女儿这辈子可真的废了！自己就这么一个女儿，怎么办？陈主任陷入深深的沉思中，女儿天资聪明伶俐，人也长得漂亮，不是不会读书、读不懂书，而是没有认真读书，不用功读书。如果不脱离目前这个生活环境，不离开这帮小姐妹，那是无法专心读书的。经过不知多少个不眠之夜的思想斗争，陈主任做出了一个既痛苦又艰难的选择：辞去公职，带女儿到广西北海读书去。

2009年2月陈主任带着女儿小丽来到广西北海。在一位熟人的介绍下租了一套30多平方米的房子住下来，接着又马上安排女儿报名读书。

新的环境，新的学校，新的面孔给女儿小丽带来几分新奇、几分兴奋，也让小丽规矩了许多，读书也认真了很多。看到女儿的小进步，陈主任一颗悬着的心放了下来。

下决心艰难，可一个女人离乡背井带着孩子到一个举目无亲

的地方安家、生活更不容易。辞去公职,生活来源没有了,为了女儿学费、房租和生活费用,陈主任一人打了两份工,先是租了一间二十几平方米的街铺,利用早晚时间做起早餐和夜宵的生意;另外白天骑着摩托车满街跑,做房地产公司的"托",当起了购房者的中介,从中赚几个钱补贴生活。工作虽然很辛苦,生活虽然很清贫,但勤劳善良的陈主任认为,只要女儿能学好,自己再苦再累也在所不辞。

日子如白驹过隙,转眼一个学期过去了,陌生的环境适应了,陌生的同学熟悉了,新奇的感觉没有了,兴奋的心情消失了,生活也走上正轨了。

北海市位于广西的西南面,坐落在北部湾畔,是一座美丽的海滨城市,其经济环境虽然比贵州好得多,但像游戏机等一些负面的东西比贵州却有过之而无不及,加上陈主任一人打两份工,比过去当居委会主任还要忙。慢慢地女儿小丽的坏毛病又复发了。这回陈主任伤心地哭了,自己为了给女儿找一个好的学习环境连公职都舍得辞退,可女儿为什么这么不争气呢?矢志不移的陈主任虽然心里难过,却不言放弃。她当即退掉街铺,停止卖早餐、夜宵生意,白天继续跑客户做房"托",早晚时间用于接送女儿上学,陪女儿读书。在陈主任的"陪""送"下,女儿小丽总算读完了高中。

高中毕业后女儿小丽就面临上大学了,到哪里上大学去?贵州是不能回去了,广西北海也不想再待下去了。经朋友介绍和陈主任多方打听、比较,觉得广东的继续教育学院比较适合女儿小丽的条件,于是就让女儿小丽报考了广东继续教育学院。值得庆幸的是小

丽顺利地被广东继续教育学院国际金融专业录取了。

2010年6月陈主任带着女儿从广西北海市搬迁到广州市。因广州市租房房价太高，陈主任付不起租金，只能寄住在亲戚家，自己再到外面做零工赚钱，供女儿读书。

小丽就读继续教育学院后，也许是母亲的真情感动了她，也许是大学城的生活环境美，校风好，学风正，老师素质高，教学质量好等原因，小丽到了广州后，一改过去贪玩、不用功的毛病，只一年工夫，小丽不仅学习认真，表现积极上进，并且参加了学校模特队，还当选了校金融协会学术部部长，成了全年级一名德、智、体全面发展的好学生，受到了老师和同学的赞扬。

时下都市，每个家庭大多只有一个孩子，每个父母都疼爱自己的孩子，每个父母都很重视为自己孩子创造好的学习环境。为了保证孩子上学安全，一年365天，每天风雨无阻接送孩子上学者有之；为了帮孩子争到学位，代孩子报名，冒雨在学校门口排队三天两夜者有之；为让孩子进入名牌学校，一家人节衣缩食，倾其所有出赞助费者有之；为了让孩子就读一所好学校，方便孩子上学，把原来的房子卖掉，到学校边上购买房子者有之；个别家庭环境差，为了让孩子在高考前有一个好环境复习功课，尽管家里不富裕，让孩子住进宾馆复习功课者也有之。但像陈主任这样的舍弃和全身心投入的也许不多。

教儿育女，对于绝大多数家长来说，也许只是一时一事的付出，而对陈主任来说却是她的一生，她的全部！

2011年7月12日于羊城

到蓝袍村看渔民捕鱼

中国是一个农耕大国,几千年来国民一直传承着"靠山吃山,靠海吃海"的生存方式。蓝袍村正是以"靠海吃海"这种生活方式一代代传承生存下来。

蓝袍村是阳江市阳西县溪头镇属下的一个自然村,位于溪头镇西南部南海海边上,全村4000余人,海岸线18公里,村民祖祖辈辈以捕鱼为生。

蓝袍村的渔民捕鱼方法有点特别:12个渔民,两艘渔船,两台履式拖拉机,配一张4公里长0.8厘米宽网眼的尼龙拖网。其方法是将12个渔民分成两组,每组6人,每组配一张两公里长的尼龙拖网,一台拖拉机,一艘渔船;两组渔民各自驾驶自己的渔船,同时向捕鱼区域驾离海岸线海面12公里处,将两张尼龙拖网连接起来,然后呈U形各自向返回方向的海边放网,待放完网渔船也回到海边,将拖网绳捆到拖拉机转轴上,拖拉机再慢慢向对方靠拢、收网,等两台拖拉机互相靠近至100米处时,拖网的鱼便全部拉到了海滩上,渔民便把鱼分类、装筐、过秤、外卖。

到蓝袍村看渔民捕鱼

我从一姓冯的渔民口中了解到,这种拖网捕鱼作业方式要具备两个条件:一是捕鱼区域海底必须平坦;二是沙滩底不能有石头、树枝等杂物,否则不是网破就是拖不到鱼。

拖网捕鱼作业按潮汐涨退进行,涨潮时撒网,退潮时收网,每网作业前后6个小时。该村从清朝时就开始用这种方式捕鱼。随着生产力的提高,捕鱼方法已从过去的单人变成双人、多人;原来用人力撒网拉网捕鱼,20世纪80年代改用拖拉机拖网;拖网也由原来的几十米长,慢慢变成几百米,到现在已达几公里长;原来只在海边捕鱼,后来慢慢延伸到2公里、4公里、5公里,现在要到10~12公里处才能捕到鱼;刚开始时,每次拉网捕鱼可捕到5万~6万斤,现在每网只能捕到几千斤鱼;过去每次都能捕到大鱼、高档鱼,现在这片海域大鱼捕完了,好鱼也抓光了,只能抓一些低档次的小鱼;捕鱼的渔网网眼也越改越小,现在已经小得不能再小了。

该村渔民每年捕鱼300天,每天捕两网,渔民用抓阄的方法轮流下海捕捞。除了刮台风下暴雨,几十年来天天都重复此方法捕鱼。

阳西县沙扒村、蓝袍村的捕鱼方式远近出名,成了旅游观光的一道风景线。广东省有些旅游公司为此开设了广州——阳西旅游专线,不少游客邀朋结伴,三五成群,携妻带儿专程到沙扒村、蓝袍村等地看拖网捕鱼,尝海鲜。

我初次到阳西,县农业银行梁行长及战友关开军等邀我到蓝袍村开开眼界。2013年10月24日中午11点,我们到达蓝袍村海边时,正值渔民们将网收到海滩边,看着遍地都是活蹦乱跳

的各种海鱼,我心生兴奋激动。等渔民们把拖网全部拉到海滩上时,才发觉捕上来的全部都是低档次、只有一两拇指大的小鱼。阳西县农业银行梁行长认识当地渔民,便把好的、大的鱼全部挑出来送给我,一共只有24斤。我特意把最大的一条"马友"鱼称了一下,只有2.6斤,还有一条鲳鱼1.8斤,其余都是一斤左右。我见一渔妇手提小半编织袋鱼在卖,一买鱼者出价15元,我好奇地问:连袋子卖给我20元可以吗?渔妇立刻抢过我手中的20元,把半小袋活鱼丢给我,我特意拿去称了一下,共14.8斤。我专门找了参加捕鱼的一位姓冯渔民,问他今天捕了多少斤鱼,冯说5000多斤吧。也就是说,按每斤鱼最高均价4元计,这次捕鱼只值两万元。

看到12个渔民,配了两艘渔船,两台拖拉机,4公里尼龙拖网,跑到离海边12公里远的海面,用了6个小时,才抓了5000多斤低档次的小鱼,我原先激动兴奋的心情荡然无存,心情反倒沉重起来。

据渔民老冯介绍,阳江及茂名市电白区一带,凡具备拖网条件的海域,当地渔民都用这种方法捕鱼。

其实我国对捕鱼的渔网网眼使用是有具体规定的:渔民出海捕鱼直径必须超过39毫米以上,但渔民现在普遍使用的不足10毫米,这种渔网被渔民们称为"绝户网""扫地穷",其网孔极小,用这种网捕鱼,不管什么鱼只要被拖进去,连小鱼小虾都无法逃脱。

据说汕头地区发明了一种叫"敲罟作业"的捕鱼方法,实际就是利用声学原理的方法捕鱼。其方法是用两艘大渔船张好网,

到蓝袍村看渔民捕鱼

再用十多二十几条小船在大船前围成半个圆圈,每船三人,一人摇橹,二人用木头敲打绑在船上的竹杠,通过水下声波将黄鱼震昏,船队再把昏死的鱼群赶入张开的大网中。敲罟作业成本很低,效率极高,凡是石首鱼科鱼类,不分大小,一律不能幸免。渔民们调侃说这是"解决大黄鱼的终极办法"。

20世纪50年代,此种捕鱼方法从汕头传到福建,又从福建传到温州,在此后的几十年里,东海渤海湾舟山渔港一带,最主要的传统鱼类都被捕捞殆尽。到20世纪80年代,江浙地区人们最喜欢吃,最好吃,红、白喜事必须上餐桌的野生大黄鱼已经基本绝迹。

浙江温岭一带渔民捕鱼采用"灯光围捕",一到晚上渔民们打开船上百盏大灯,海面一片光白,鱼有趋光性,一见到光就会游来,不管大鱼小鱼全部有来无返。这种捕鱼方法,对各种鱼类、海生物都是毁灭性的捕捞。

广西北海一带渔民更绝,他们在拖网上加装高压电线进行捕鱼,只要在渔船附近,不管什么鱼,不管大小一律不能幸免。这种捕捞方法对人类,对海洋生态环境都有巨大的危害和破坏,渔船所到之处鱼类死绝,鱼汛资源三年内无法恢复。

早在2003年,浙江海洋大学教授陈大刚就多次呼吁,中国近海90%以上水域已基本变成"海洋荒漠",没鱼可捕。而造成渔业资源枯竭的重要原因就是毁灭性捕捞。现在几乎从南到东,从东到北的渔民都在使用"绝户网"等"断了绝孙"式的渔具捕鱼,连微生物、鱼苗都无法幸免。

造物主给万物生灵赋予生命、寿命。人活到80岁以上去世,叫寿终正寝;30~60岁以下去世,叫英年早逝;20岁以下去世

叫夭折。鱼类属低等动物，但也有它的生命、寿命和归期。渔民们这样不择手段，不分大小，不顾后果的做法应叫"涂炭生灵"了。

社会在不断进步，科技在不断发展，技术在不断更新，明代"科幻"小说家吴承恩笔下的《西游记》，描写孙悟空能飞天遁地，能到天宫找玉皇大帝论长短，又能去东海找海龙王闹事。谁知500年后这些竟变成了事实。如今火箭、嫦娥奔月、卫星、航母、蛟龙都相继发明、创造、使用；人造太阳、太空机械臂、月球背面探测机、天眼望远镜、量子通信、量子导航、北斗导航系统、太空空间站等相继问世并投入使用；无人飞机、无人驾驶汽车、机器人等已经登堂入室进入寻常百姓家。人类真正具有了"可上九天揽月，可下五洋捉鳖"的能力。科技发展使我们对天地万物几乎达到无所不会、无所不能、为所欲为的地步。人类在征服大自然中取得了一个又一个的胜利。

但科技是一把双刃剑，就像原子弹、核武器的发明、存在一样，已经构成对人类安全的严重威胁了，如果掌握不好，将给人类带来无穷无尽的灾难，甚至将毁灭人类。

如今，人们不仅为发展经济缓慢焦急，更为科技进步太迅猛而担忧。

在科学技术高度发达的今天，如果人类还像现在这样对万物生灵继续无所敬畏、无所约束、无所节制地过度捕捞杀绝，对大自然仍然采取破坏性的索取；如果万物生灵都没有了，人类还能生存吗？

2013年11月29日

春到乌洋

——记饶平县一中65届半农半读班同学聚会

四月的故乡，早已姹紫嫣红、浓妆艳抹，树绿了，花开了，鸟欢了，蛙叫了，山前山后，村前村后，到处是花的世界。风华正茂的龙眼、荔枝、杧果正含苞待放，报春的梅花、李花都已经结出了果子，到处洋溢着春天的气息。

清明节前夕，由珠海市地税局钱茂昌局长倡导，在三饶镇主任委员黄振铭、南联村黄凯国同学的热心联络和精心安排下，我们饶平一中65届半农半读班的37位同学（全班52人，缺席7人，病

故8人），在分别了46年后，于2011年4月3日在乌洋酒店团聚了。

同学们久别重逢，见面气氛热烈，显得异常高兴、激动、亲切。大家互相介绍别后情况，回忆往事，叙别离情，品味人生的酸甜苦辣。话题最广泛，谈得最多的是儿时在校读书的欢乐时光。

46年前，我们都只是十四五岁的孩子，大家一起读书，一起劳动，一起生活。在后山的课教里，听文镇琼老师绘声绘色地讲授生物课；黄时若老师深入浅出的教育方法，同学们很喜欢，他关爱学生，有平易近人的美德；杨玉坤老师有耐心、认真、负责的育人精神；"文化大革命"中由黄时若老师、林湘萍老师领队带着我们徒步从饶平经澄海、汕头、揭阳到潮州进行"革命大串联"；上体育课时，大家相互搞恶作剧；到竹竿山种木薯，到天保寨种双季稻；到白石倒采摘松柏蕊；到燕坑、太石搞文艺演出；寒假回学校喂猪；晚上大家轮流到后山学校菜园守夜；晚饭后到东门溪洗澡、戏水；就连晚自习后肚子饿用开水和萝卜干充饥的情形，仍然记忆犹新，历历在目。三位恩师对我们的教育、培养、关爱，至今仍然念念不忘。

从学校分别后，大家为了前途，为了理想，为了生活，各奔东西。有人当了兵，在部队入了党，提了干；有人从了政，进入机关，在政府部门工作；有人下海经商，赚了钱，为社会做出了贡献；而大多数人仍在家乡务农，过着平淡的日子。人生如潮，跌宕起伏，各式各样。有的人一生轰轰烈烈，多姿多彩；有的人一生平平稳稳、无忧无虑，幸福美满；更多的人奋斗一生，不尽人意，喜忧伴行，酸甜共生。但每一个人都经历了生活的艰辛和道路的坎坷，每一个人也都收获了成功，收获了喜悦，各有所好,各得其所。如今大家都已步入花甲之年,官与民,兵与商,穷与富,成败与得失对大家都不是很重要了。对比已经逝去的同学、老师,大家能够活着就好,身体健康就好,知足常乐就好,天天开心快乐就更好!

岁月流逝,一转眼,大家分别46年了,乍一见面,有的同学已经认不出来了,好多同学也叫不出名字了。人生不尽如人意事十常八九,最让人感慨的是西石村林淑真同学已经四代同堂,儿孙成群,当祖奶奶了。而同班还有两位同学至今未娶,孑然一身。

昔日的毛头小伙子、小姑娘们,当时个个情窦未开,如今都已成了白发苍苍的爷爷、奶奶辈了。时光耗费了我们的青春,时光改变了我们的容颜,时光带走了我们三位恩师(班主任兼语文老师杨玉坤,数学老师黄时若,生物老师文镇琼)和八位同学。

但时光没有带走我们的记忆，更没有带走大家在一起读书、劳动生活时结下的友谊！

在历史长河中，46年只是一瞬间，可人的一生又有多少个46年呢？我们的聚会从下午三点一直延续到晚上八点，大家仍然不愿离去。为留住这次聚会的美好时光，我们特请了三饶最有名的摄影师为大家摄影留念。当摄影师举起相机准备为大家摄影时，昔日的小伙子、小姑娘与今天满头白发的爷爷、奶奶这两种巨大反差的画面和"时光飞逝、岁月无情"的感慨随同相机快门在我心头"咔嚓"一闪。

人海茫茫，认识是一种缘分；小时候能够一起读书、一起劳动是一种好缘分；分别46年后大家还能够欢聚在一起，那就是福分了！

"相见时难别亦难"。让我们都彼此珍惜这种友谊和缘分，直到永远……

2011年4月12日深夜于羊城

小注释:

何谓半农半读？这是"文化大革命"的产物，毛主席在一次讲话中，提出学生要"学农、学工、学军"的口号，意在培养又红又专的革命事业接班人，防止新一代"四体不勤、五谷不分"，变成"封、资、修"分子。于是从1965年起在全国中学搞试点，城市中学每一个初中一年级拿出一个班搞半工半读；农村中学拿出一个班搞半农半读，即半天劳动，半天学习。后因种种原因，这一试验只在全国各地试点三年就夭折了。我们饶平一中65届的52位同学，成了这一新生事物的"幸运儿"。

又是同学聚会时
——记2016年4月2日同学聚会

又是同学会，我们来相聚，鬓毛都已衰，形象更憔悴，叫帅哥，喊美眉，其实是互吹，弯腰驼背已成半残废。

啊，亲爱的同学们，生活的压力我们背，手一挥，头莫回，酸甜苦辣才是人生的滋味。

再过二十年，我们来相会，拐棍添条腿，轮椅儿孙推，你眼花，我耳聋，痴呆更狼狈，口水流走路东倒西歪。

啊，亲爱的同学们，现在的身手好珍贵，别贪睡，别嫌累，迈开双腿逛逛网络也陶醉！

再过三十年，我们来相会，送去火葬场，没准做化肥，你一堆，我一堆，谁也不识谁，面子皮囊统统化作灰。

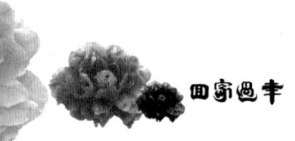

啊，亲爱的同学们，今生缘分别浪费，你一杯，我一杯，潇潇洒洒自呼一声万万岁！

再过五十年，我们来相会，大家天上飞，嫦娥吴刚陪，身轻轻，心无赘，江山棋盘美，笑瞰大地落子没后悔……

2016年4月12日写于羊城家中

我家小狗——旦旦

2012年1月16号晚上7时,我在外面吃饭,突然接到女儿电话,说小狗旦旦不行了。我马上回到家里,小狗旦旦躺在桌子底下,已经停止呼吸了。一家人泪流满脸,为无法延长小狗生命而伤心。我用原来给小狗旦旦洗澡的浴巾,把旦旦包起来,外面再包一块干净的地毯,连同旦旦原来穿过的衣服、喂食的饭盆和旦旦最喜欢的宠物小布熊包在一起。随后叫来司机小黄,我把小狗抱上小车,开车来到白云山通往明珠楼的半道上。我拿了锄头,铁铲在路边一棵小树边上挖了一个土坑,把小狗放好埋上土,上面再放些树枝石块。完成了对旦旦的最后送别。

虽然安置好了旦旦,但它突然离去带来的伤心、失落,以及回想起这14年来旦旦带给我们一家人的快乐,让我久久不能忘怀。

1998年的一个夏日

晚上，女儿从同学家里抱回一只毛茸茸、体重只有一市斤左右的小东西，眼睛黑溜溜的，一闪一闪很是可爱。我们一家人都喜欢小动物，见了这个小东西，都轮流抱着玩耍。女儿给它取名旦旦，从此这只名叫旦旦的小狗便成了我们家的新成员，和我们朝夕相处，生活了14年。

晚上女儿把旦旦放进一个垫上棉布的花篮里放在床头边上。由于旦旦太小，我们便把猪肉煮烂撕碎放在手上喂它，就这样，旦旦在我们一家人的宠爱和照顾下一天天长大。我们每周给它洗澡，由于营养好，小旦旦皮毛非常漂亮，很招人喜爱。我家客人多，一来人旦旦便高兴得汪汪直叫，几乎人人都会抱一抱这个小家伙。冬天了，天气冷，我们便让旦旦上床进被窝里和我们一起睡觉。有时它也像孩子一样，把头放在枕头上。

从2009年开始，我们每周登一次白云山，每次都会把旦旦也带上。这是旦旦最高兴的活动，每次听说我们要带它上山玩时（它能听懂我们的语言）便高兴得上蹿下跳，汪汪直叫。从家里到百步梯有好几公里远，途经一段人来人往的街道，车辆很多，旦旦不会乱跑，始终跟着我们。等上了山，它便跑到我们前面，看我们没跟上，它又跑回来，到了山上我们休息时，它便躺在我们身边。

2004年"五一"节，我们部队几位战友4家人到开平、江门、肇庆等地旅游，我便把旦旦一起带出去，一路上旦旦的高兴劲就别提了。当我们到肇庆时，时值中午，又是住五星级酒店，保安、服务员硬是不让旦旦入住。没办法，习惯午睡的我只好陪着旦旦在外面草坪玩了一个中午。晚上我们通过肇庆有关人员的关系，才偷偷摸摸让旦旦入住了酒店。

平时，我们一家人吃什么，旦旦便跟着吃什么，我们吃水果，旦旦也跟着吃水果，旦旦最喜欢吃柚子和红江橙，还有库尔勒香梨。没有水果时，连甘蔗也吃。

现在市场上饲料鸡蛋和土鸡蛋的价钱差别很大，但我们一直都给旦旦买最好的鸡蛋吃。我喜欢吃猪肉沙虫稀饭，每次煮猪肉沙虫稀饭，瘦肉几乎全部都是给旦旦吃了。十多年来，旦旦在我们家没吃过干饭、稀饭，除了一点很少的狗粮，其余全都吃瘦肉、鸡蛋、水果，不少来家做客的朋友都说，做狗也得出生在好人家。

旦旦非常聪明，我们家住在五楼，它能分辨我们一家人的脚步声和小车刹车的声音，每当我们回到楼下，它便汪汪直叫，还能叫家里人开门。平时我看电视它便躺在我旁边，直到我上床睡觉，它才睡下。有时我晚点回家，不管再晚，它都会守在门口等候我回家。

2010年大年初一，司机小黄来家里拜年，随口说了一句："旦旦我带你出去玩。"小狗旦旦听后高兴得连蹦带跳，汪汪直叫。我说小黄你说漏嘴了。没办法，小黄只好带旦旦到东方乐园玩了一下午。

旦旦有过两次生育，各产一胎小狗。2009年夏季产下第二胎小狗时，我们部队战友三家人到从化郊游，也把旦旦母子一起带上了。刚产下的小狗毛发洁白，黑白相间，毛茸茸，胖乎乎的，像只小熊猫，十分可爱。一路上大家轮流抱着小狗，但谁抱小狗，旦旦就跟着谁，护犊是人类包括一切动物的本能天性。

每年春节，亲朋好友来家里拜年，旦旦也很高兴、兴奋，每次照相都有旦旦一份。如果是非常熟悉的亲人朋友，小狗旦旦也懂得来时欢迎，走时欢送的汪汪欢叫几声。

2010夏天，我上楼顶浇花，旦旦像往常一样，跟我上楼玩耍，也不知道什么原因，旦旦突然从6楼掉了下来。从6楼顶到-1楼，楼高22米，地面全部是水泥地板，旦旦居然没摔死，连骨头也没摔伤。邻居们都说是我家供奉的佛祖保佑了旦旦。

去年年底以来，旦旦经常尿蛋白尿，因我们不懂，没有引起我们重视，直到病重了，送到宠物医院诊治，才知道旦旦患了糖尿病，而且已经是晚期了。我们马上送它住院治疗。

第二天，我到福懋动物连锁医院看它，旦旦见到我后直流眼泪。旦旦住院4天，我专程去看了三次。后来听说福懋动物连锁医院不行，女儿又托熟人将旦旦送到华农大兽医站治疗。当时，旦旦身体已经很虚弱了，但一见到我还是强打精神，向我摇尾巴。我们连续三次送它去输液，终因年老病重不治。

旦旦的离去，让我们一家人伤心不已，特别是我，对旦旦宠爱有加，只要有好吃东西，都会留一口给旦旦，旦旦也以它的活泼淘气和真情回报于我。每当我回家，它便扑到我面前，又跳又叫，我无论再累再忙，都会抱它一下，时间长了，就养成了习惯。现在每当回家，再也看不见、听不到旦旦那又喊又叫、撒欢的声音和场面了。

儿时读书，曾听老师说欧洲一些贵族人家生活奢靡，精神空虚，家中养猫养狗。其时国人对养宠物态度一边倒，持批判、歧视、嘲笑态度。

谁知几十年后，国人同样养宠物成风，特别是城市一族，养猫、养鸟、养兔子、养乌龟、养蜥蜴……尤以养狗为甚。据网上公布：广州市登记在册宠物犬14万只（还不知道有多少没有登记）。据广东省宠物协会发布得信息称，广东省注册有关养宠物企业多达3000多家，其相应产业链有宠物用品店、宠物医院、宠物美容店、宠物训练等配套服务。

为保证宠物犬饲养有序，防疫可控，不伤害广大市民，市政府公布了养狗管理条例，并对宠物犬管理作了职能分工：公安部门负责犬伤人处理和犬户口注册办理手续；畜牧部分负责犬的防疫；工商部分负责宠物交易市场；检验检疫部门负责进出口检疫。

从目前情况看，养宠物特别是养宠物犬仍有上升之势。

饲养宠物盛行，说明社会稳定，生活富足裕余，日常工作轻松，人们心态平和。

社会上对养宠物众说纷纭。有人说养宠物能陶冶性情，有人说养宠物能给人带来快乐，有人说养宠物的人有爱心。当然也有人反对：说养宠物有可能传染疾病；说养宠物影响市容卫生；有时还造成伤人事件。这叫仁者见仁，智者见智吧。

生活是个万花筒，五彩缤纷，不是非此即彼，非"社"即

资。现在社会进步了，文明了，更是多元共存了。

人们在享受富足生活得同时，也享受多元共存的和谐，这不正是我们大家追求的大同社会吗？

人们都说，狗是人类最忠实的朋友，更别说旦旦与我们一家人朝夕相处了14年。旦旦早已融入了我们的家庭，是我们家庭的一员。几个月来，每当我回家，每当我上白云山，我都会想起我们的旦旦。从旦旦离开我们后，我先后上白云山看望旦旦四次。我不知道动物是否有灵魂，也不知道旦旦知道不知道我常常在思念它，去看望它？反正只要我还活着，我便会想念它，只要我上白云山，我便会去看望它。

2012年5月25日

让我们亲近土地

科技的发达和社会的进步，为我们提供了先进的生活配套设施，让我们尽享现代的物质文明。高耸入云的大楼有电梯为我们传送，不用我们自己爬上爬下；宽阔笔直的马路再长再远不用我们自己行走，有机动车为我们代步；电磁炉、电饭煲、电炒锅让我们享用美食举手可得；洗衣机、烘干机让我们衣着天天光亮如鲜；空调、暖气让我们四季如春；拿起电话、打开电脑便可与远在千里的亲人、朋友问候、聊天；坐在家里打开彩电，天下风光、人间险恶、世上逸闻趣事尽收眼底；互联网更让世界成了地球村。

然而，站在高楼的阳台上，那种失去泥土的空虚，常常使我想起故乡土地的沉实和可靠。城市的物质文明犹如正在热销中的统一绿茶既清香又甜爽，但那是一种加工后的清香和甜爽，它与我们自己冲泡的原汁原味的单枞茶有着截然不同的滋味。

科学技术和经济发展给人类带来极大物质财富的同时，也给人类带来前所未有的灾难。人类在享受科学技术成果的同时，也不得不面对同样是科学技术结出的苦果。

记得有一哲人，把工业文明称为"黑色文明"，这源于工业

文明的两大弊端：对自然资源的疯狂掠夺；对生态环境的严重破坏。

如今的农村，绝大多数壮劳力都进城务工，农村成片土地在空置，在荒芜。为了追求GDP，各省、市、县、镇，甚至连村都设立经济开发区，大量的工业废水、废气、废物、重金属日夜不停地向土地中排放，过度的开发和无规则的建设使成片成片的农田被吞噬、被污染，农业用地一天天在减少。

这些年来，绝大多数农村农民弃旧屋、建新房，成片的良田变成新居，原来的村庄在荒废。一边是资源稀缺，一边是成片的土地在闲置。

现在农村几乎没人养牛、养猪、养三鸟，仅有的一点种植业，已经没人使用农家肥、土杂肥。为图方便、图产量、缩短生长周期都使用化肥、农药、植物生长激素，其后果污染的是土地

和果实，受害者是老百姓。如今人们不再为温饱苦恼，却为食品安全担忧。

上帝给地球造山、造海、造田地，其目的在于给人类和万物生灵提供生存条件。

人吃五谷杂粮，科学再发达，也不可能生产出粮食和农副产品的代替品。卫星上天还得落地。现代化、高科技永远都离不开黄土地！

土地是人类的依靠，土地孕育了庄稼，庄稼养活了人类，我们世世代代依赖着土地，是土地给了我们温饱和生存，是土地让我们繁衍子孙后代，生生不息。

我们是土地的主人，土地又是我们的恩人，人类像庄稼一样一茬茬地成熟，又一代代地老去，最后接纳我们的仍然还是土地。

让我们亲近土地吧！

2013年04月06日深夜

附注：

2013年清明节前夕，我回老家扫墓，目睹不少茶农早上用电锯收割茶叶，下午给茶树喷洒"植物生长剂"，既害人又害己，既生气又无奈！

又见全村人全部搬到公路边上，把成片的良田建成住房，由于没有统一规划，各家污水排放在自家房子后面，直接流入水田，造成环境污染。同时，原来的村庄、旧房成片倒塌，成了没人住、没人用、没人管的荒废村落。

有感于此，特写此文，以唤起人们的土地意识。